Sonya
ソーニャ文庫

# 愛玩王子と姫さま

秋野真珠

JN257366

イースト・プレス

contents

# 序章

東国《とうごく》デュロン。その名の示すとおり、大陸の東に位置する。国土は大国シュゼールと比べるとその十分の一しかないが、その名が忘れられることはない。

戦を繰り返し、国の地図を幾度も塗り変えてきたシュゼールより歴史は古く、国を支える職人の技術は他国より抜きんでて、大陸の中でも重要な位置を占めるのだ。

生真面目な職人の技術は様々なところで評価され、デュロンで修業をしたと明かせば誰もが一目置くものだった。その栄誉と伝統は国の誇りであり、今でも第一に守るべきはその国民、職人たちなのである。

その国の頂点に立ち、彼らを守るのが、御年十八で成人したばかりの、新女王である。

アリシュ・ミン・ロンは東国デュロンを代表する美貌《びぼう》の持ち主だった。真っ黒な髪は癖《くせ》もなく腰まで届き、白い肌によく映える。きっちりと左右対称になっている目鼻立ちで、涼しげな目元と少し薄い唇が清廉《せいれん》さを漂わせている。口を閉じていれば冷ややかな印象になりがちだが、新女王は国民の前では絶えず笑みを浮かべ、女王であることにも誇りを持っていた。

まだまだ若い女王ではあるが、その施政《しせい》は祖父の教えのまま誠実であり、潔癖《けっぺき》でもあると評判だ。生真面目とも言える性格は、彼女をここまで導いてきた周囲からも影響されている。

女王の父である前国王は、現女王が幼いときに王妃と共に事故で亡くなり、彼女が成人するまでの繋ぎとして、一度は玉座を退いた女王の祖父が再び王位に就いた。

その後は祖父王と父王の友人でもあった宰相《さいしょう》をはじめ、国政に関わる者たちが彼女を支持し、立派な女王になるべく手を貸した。

そうして、成人した今、ようやく新女王と成ったのである。

デュロンの国を作ったのも、女性だった。

それまで小さな部族が点在していたものを、力を合わせてひとつの国になれば、もっと大きなものが出来、技術も発展すると勧め、そのとおりひとつにしてしまった偉大な女王である。

その美しさと清廉さ、知性を讃《たた》えて、国民はアリシュを神祖《しんそ》の女王の生まれ変わりだと口々に褒《ほ》め称える。

善政を布《し》いた前王の死を嘆いた国民は、新しき国主に期待を込めて、女王就任を祝っていた。

国中がこの喜びに浮かれる中、城門の前の大きな広場の隅に、休憩所として設けられた椅子に座る男は、じっと人々の視線の先を見つめ、満足そうにその唇の端を上げた。

城の背後からは煙《けむり》花火が上がり、人々の興奮を煽《あお》ってもいる。しかし民衆の心を一番に捉えているのは、その城門の先に立つ人物だ。

白地の布に金と赤の刺繍。王族だけに許された祝い事での正装で民衆に手を振るのが、話題を集める女王その人である。涼しげな表情に今は笑みを浮かべ、絶えることない観衆の喜びを受け止め続けている。

「イヴェル様、聞いていましたか」

満足そうな男に声をかけたのは、彼の従者であるアハルだ。

アハルは彼の唯一の護衛であり、唯一の従者でもある。主人の興味のありそうなことを調べたり、「あれがやりたい」といったわがままを最大限に聞いてくれる優秀な男だ。

旅を始めて四年目。アハルは新しい国に入るたびに、情報を仕入れて主人に不自由をさせないこと、困った事態に陥《おちい》らせないことを重大な仕事としている。

彼らはこの国の西隣の大国シュゼールよりさらに西に位置する砂と草原の国、サリークからの旅行者なのだ。西側諸国から各国を巡り、ようやく東の端に位置するデュロンに入ったばかりだった。

このデュロンに入ると、すでに国民は新しい女王就任の喜びにわいていた。

国の浮かれ具合を調べて報告をしたものの、アハルの主人は人の言葉を聞いている態度には見えない。

　顔は集まる民衆と一緒に城門を向いているし、ゆったりと椅子に座る姿はまったく動く気配を見せない。しかしアハルの主人は確かに聞こえていたし、自分の考えをまとめて口元を緩めていたのだ。

「……決めたよ」

「……何をです」

　アハルは慎重に受けた。軽い口調ではあるが、アハルにはこの主人が本当に決意したときの声を判別することが出来た。伊達《だて》に生まれたときからの付き合いではない。

　これまでにも様々な突拍子《とっぴょうし》もないことを口にして、周囲を驚かせた挙《あ》げ句《く》に実行してしまい、さらに呆れさせてきた主人なのだ。

　何でも出来ると解《わか》ってはいる。アハルの主人に対する評価は高い。しかし自分もその面倒をみる苦労からは逃げられないと知っているからこそ、主人の言葉に緊張を高めた。

　しかし彼の主人は、アハルの気持ちなどこれまでもこれからも気にするつもりなどないように、いつもの口調で答えた。

「彼女が欲しい」

「…………」

　アハルは珍しく、重い沈黙で答えた。

　主人の言う「彼女」が、休憩所で働く女給ではないことは確かだったからだ。そして周囲で賑《にぎ》わいをみせている町の住人でもない。彼の視線は、ただ一点。民衆の視線の先にいる、城門の上に立つ彼女に向かっているのだ。

　またそういうことを。

　アハルは主人の言葉の意味を熟考し、一瞬眉根を寄せた。

　彼の視線を見れば、それがいかに本気なのかということは解る。アハルが何を言ったとしても、主人が意志を変えることはないだろう。それでも最後の悪あがきとして、ひとつだけ伺《うかが》いを立てた。

「……あの女性は、手慰《てなぐさ》みに遊べる方ではありませんよ。手に入れるには、ご結婚なさらなければ」

「結婚」は、縛られることを嫌う主人がうまくかわしてきた話題で、これまで何度も逃げ出す言葉であったのだが、このときの主人には通用しなかった。

「そうだな。結婚しよう」

「…………」

　アハルは心の中で深く溜め息を吐き、しかし心を決めた主人を少し誇りに思った。

　なぜなら、これまで流れ続け、留まることを避けてきた主人が、とうとう身を固め、腰を落ち着ける決意をしたということでもあるからだ。二十一で国での成人を迎えるなり、両親や兄弟たちをやりこめ、旅に出る決心をした主人は、一所《ひとところ》に落ち着く性《さが》ではないと思っていた。

それを覆《くつがえ》し、ひとりの女性のために人生を変える決意をしたというのなら。男として、主人として、責任をもつ覚悟を決めた主人を、さらに敬いこそすれ呆れることはない。

アハルは未だ視線を女王から外さない主人を改めて見た。

白い肌に黒髪が多いこの国では、主人の姿はとても目立つ。

褐色《かっしょく》の肌に、輝く金色の髪は襟足《えりあし》部分が肩に流れ、まとめてもいないので身嗜《みだしな》みが整っていないと思われることもあるが、この主人の全身を見ればそんな声は上がらない。

真っ青な瞳はすべての人の意思を自由に出来るかのような自信を湛《たた》え、唇に浮かんだ笑みは崩れることはない。さらに今は座っているものの、長い脚は机を避けて組まれていて、立つとその身長は周囲より高い。

この国ではあまり見ることのない異貌に目を奪われるのは当然だった。身を包む軽い旅装は、女王就任を祝う街中では珍しくないものの、この異貌の旅行者の姿は人目を引いた。

この容姿から、国ひとつ越えてきたことは間違いがないと誰もが推察するだろう。

デュロンに入ったときから視線を集めていたが、今民衆の視線は広場の向こうに向かっていて、ここへ来て初めて主人は注目を集めていないことになる。

それもあって、主人は誰に邪魔されることもなく、新しい、若く美しい女王を見つめていられるわけだが、アハルがさてどうするか、と思考を働かせ始めたとき、自分たちに近づく気配に気づいた。明らかに、広場に集まる民衆とは違う雰囲気を漂わせ、異国のふたりを目指して歩んでいる。

アハルが警戒しつつ視線を向けると、相手はこの騒ぎで自分たちが目立つことはないと知っているのか、人目を憚らず悠々と近づいて来ていた。

ひとりは女性であり、もうひとりはその護衛らしき男で、厳めしい顔を隠していない。鋭い視線を周囲に、特に今は目の前のアハルたちに向けているが、女性のほうは目元を覆う仮面をして素性を隠していた。

纏う衣服は大人しい色合いでも、仕立ては極上と解る。仮面をつけ護衛を従わせているところからして、身分は低くないと推測出来ても、ならばいったい何の用なのだと、アハルはまったくそれらに意識を向けない主人に代わり目を眇める。

そのふたりはアハルたちの前まで来て、特にアハルの主人を舐《な》めるように見て確かめると満足そうに頷いた。

「……お前たちね。最近この国に来たという異国の者は」

アハルの髪の色は黒だが、主人と同じ色の濃い肌から異国のものとすぐに解る風貌《ふうぼう》だ。

「少し頼みたいことがあるの」

女性は手にしていた扇《おうぎ》を口元に運ぶ。秘め事を口にするという意思表示なのかもしれない。

そこで初めて、アハルの主人は招いてもいない客人を振り返った。

主人の顔を正面から見て、女性は少し息を呑《の》んだようだ。この国では異国人になるが、主人の顔の美しさは万国共通であることをアハルはこれまでに何度も納得させられてきた。

女性は主人の顔を見つめながら胸を膨らませ、大きく息を吐いて満足したように口元を緩める。

「そう……確かに評判になる顔ね。でも、それが丁度いいのよ」

アハルの主人は顔を隠した女性を見ても護衛の男を見ても何の反応も示さず、ただ首を少し傾《かし》げただけだ。

「僕の顔が？」

「ええ……どこか静かな場所で話をしたいわ」

「この店の上に部屋を取っている。そこでいいなら」

休憩所の二階は宿屋を兼ねていた。休憩所は朝夕には食事処にもなる。

アハルたちは金がないわけではないが、相応の宿を取ると不遠慮に構われるのでそれを主人が嫌い、宿泊は一般民衆の泊まる部屋と変わらないものを選んでいた。アハルたちの容姿から目立たないはずはないのだが、何か理由があるお忍び旅と思われ、ある程度放置してくれることが多い。軽装でいれば少しでも煩《わずら》わしさが軽減される。その軽装で泊まれる場所は、普通の宿屋となるのだ。

女性は主人の言葉に頷き、アハルたちに続いて二階へ上がったものの、質素な木造りの部屋へ入ることは一瞬躊躇《ためら》っていた。

まるで部屋の埃《ほこり》が自分につくのを嫌うかのように顔を歪《ゆが》めたが、それを押し込めて部屋へ入ってくる。それほどまでに頼みたいことは何なのか、アハルは主人も興味を引かれているのに気づいた。

「それで？」

率直に女性の話に耳を傾ける主人の口元は、これから悪戯《いたずら》を仕掛けようとする子供のように笑っている。それに気づいたのはアハルだけだが、客人はあっさりと要望を口にした。

「女王と結婚して欲しいの」

「……僕が？」

主人は綺麗な目を瞬かせた。

「ええ。そうよ」

「僕と？　本気で？」

「ええ。すぐに。早ければ早いほどいいの」

「本当に？」

「実際、女王は周囲から結婚を急かされているわ。単身で女王となったのだもの。早く後継者を望まれているようだし……」

だからすぐにでも結婚するだろう、と女性は確信を持って述べるが、何度も訊き返した主人と同じように、アハルも驚いていた。

主人は女王と結婚するだろう。

結婚したいと主人が言っているのだ。どんな手段を用いてでも結婚するだろうと思ってはいた。しかし、こんなところから結婚を勧められるとは思っていなかったはずだ。

けれど主人はアハルより頭の切り替えが早く、計略の道筋を立てるのも早かった。すぐに笑みを浮かべ、女性に答えた。

「僕はいいとしても、女王は旅の男と結婚したいと思うほど切羽詰《せっぱ》まっているのですか？」

「いいえ。貴方はただの旅人ではないわ。サリークの王子として結婚するの」

「……王子？　僕が？」

「ええ……貴方の容貌は、噂に聞くサリークの王族そのものだわ。大丈夫よ。その身分になるように手配はしてあるの。だからすぐにでも城に行って女王と結婚してちょうだい」

まったく何を言い出したのか。

内心呆れているアハルと違い、主人は面白そうに目を輝かせていた。

本当に、こういう悪ふざけの類《たぐい》は誰よりも楽しむ性質の主人に溜め息を吐きたくなるが、それよりも今は旅人でしかない主人を女王と結婚させようとする女性の真意が気になり、目を細める。

「報酬《ほうしゅう》は弾《はず》んであげてよ。女王と結婚し、役目を終えれば、またどこへでも行ってちょうだい」

「……女王と結婚して、それから僕は何をして追い出されるのかな？」

「貴方が追い出されるわけではないわ」

「へぇ……」

アハルたちに話を持ちかけた女性は、すでに事が成功したかのように、仮面の下で楽しそうに笑って答えた。

「女王が追い出されるのよ」

女性の計画は、アハルの主人の興味を掻《か》きたてるに充分なものだったようだ。

これまでで一番楽しそうな主人を見て、アハルにはもう何も言葉はなかった。

ただこれから、就任したばかりの女王を退任させるべく、主人は活き活きとして城に向かうことになったのだった。

# 1章

アリシュ・ミン・ロンは何度目かの溜め息を扇の下に隠した。

女王の就任式をしたのは、まだ昨日のことだ。慌ただしい一日だった。この就任式に向けて周囲も忙しくしていたのは解っていたが、一日中気を張っていたアリシュは誰より疲れていた。

両親が不慮《ふりょ》の事故で亡くなった、まだ五歳だったあの日から、ずっと緊張を強《し》いられてきたようなものだが、その最高潮にあたる一日を迎えたのだ。

早くに亡くなってしまった息子夫婦に代わり、アリシュを育て導いてくれた祖父王のためにも、アリシュはその期待に応えようと必死だった。

それまでの、ただ天真爛漫《てんしんらんまん》に笑っていさえすれば、誰もが受け入れてくれる幼い日々は終わり、アリシュは穏やかな笑みを絶やさないよう躾《しつ》けられ、いずれ国主となり導く者として、国民のために働くことを教え込まれる日々を過ごすことになった。

祖父は厳しい人だった。アリシュのため、ひいては国民のため、甘えは一切排除され、無邪気に笑って遊ぶ幼さはアリシュには許されなかった。女王になる自覚を持ち、どんなことがあっても感情を抑えることを理解した頃には、すっかり顔を作ることを覚えていた。たとえ心で何を考えていようとも、鷹揚《おうよう》で自信に溢れ、公正な判断を下す女王となる準備が出来ていた。

アリシュが成人する一年ほど前、祖父王は高齢のため息を引き取った。自分が手塩にかけた孫娘が、充分王たる器になったことを見届けて、これからも精進するようにと、最後まで厳しい言葉を残し旅立ったのだ。

それからは祖父の片腕であり、亡き父王の友人でもあった宰相が後見人となりアリシュを見守ることとなったが、その生活はまったく変わらなかった。

女王となるべく敷かれた道はすでに出来上がっていて、そこから逸れることは誰も許してはくれない。アリシュはただ前を見て、その道を進むことしか出来ないのだ。

国民のため。

アリシュが今も笑顔で周囲の相手をしているのは、それが理由だ。

王が無ければこの国は支軸《しじく》を失ってしまう。職人たちは、庇護を失ってしまう。

誰よりも彼らに充実した仕事と平穏な暮らしを与えること。それがこの国の神祖の意思であり、代々王家に受け継がれてきた願いでもあった。

職人の多いこの国では、仕事に夢中になるあまり、寝食を疎《おろそ》かにしたり口の巧《うま》いものに騙《だま》されたりする者も多い。それらから彼らを守るのが、王族の役目だ。

真面目だった祖父はその教えを守り、アリシュにも遵守《じゅんしゅ》させるべく厳しく躾けた。女王教育が始まったばかりの頃は、甘えさせてくれる両親を思い出して泣いていることも多かったが、それで祖父の意思が揺らぐことはなく、幼い王女への教育はさらに厳しいものとなった。アリシュもいつしか祖父に甘えることは忘れ、皆の望む女王となるために必死になった。

そうして女王となったアリシュは、国民から認められ、祝福された。

国民から支持されるのは嬉しかった。しかしその反面、期待も重くのしかかり、緊張のあまりお腹が痛みを訴えることも多かった。

複雑な気持ちを抱えたままではあったが、無事就任出来たことにはほっとした。けれどこれで終わりではない。むしろ始まったばかりだと解ってはいるものの、少し息を吐く間をくれてもいいはずだ。

しかし女王就任を喜ぶ周囲は、そんな間など考えてはいなかった。

女王に就任したアリシュに次に必要なものは伴侶《はんりょ》である。身を固め後継者をつくることは、王族にとって重要事項だった。

目の前の状況を見ると、最優先事項でもあるようだと、アリシュは扇の下で再び溜め息を零した。

城内の庭園に設けられたお茶席で、東屋《あずまや》の日陰に腰をおろしたアリシュは客人たちに囲まれていた。客人には男性が多い。王族に続く権力を持つ華族《かぞく》や有力な豪商《ごうしょう》たち。目立つところでは、隣国シュゼールの王族の一員という者もいる。

　このお茶席に招待されている以上、不確かな身分の者はいないだろう。

　それにしても、若い男が多い。

　その意図ははっきりしている。これはアリシュのための集団お見合いなのだ。

　アリシュは女王であるが、結婚したからといって王配に同じだけの権限が与えられるわけではない。しかし妻となったアリシュに望めば、多くのものを与えられると考えているのだろう。アリシュが子を成せば、その子は次の王か女王となる。次代の王の父となれば、地位はそれまでよりも盤石《ばんじゃく》になる。

　デュロンでは第一子が王位継承者となる。神祖が女王だったこともあり、男女の区別はない。そのおかげでひとりっ子のアリシュが女王に選ばれたのだが、アリシュの目標は周囲が望む女王になることだった。それがようやく叶ったばかりだと言うのに、さあ次のものを選べと言われても、すぐに気持ちが定まるはずもない。

　そのあたりのことを解っているのかしら。

　アリシュはちらりと視線だけを右へ向けた。

　そこに立っているのは、アリシュの就任に合わせて宰相の地位に就いたばかりの青年だった。前宰相の息子でもある。アリシュと一緒に国政を学んでいたため、学友というものであるかもしれない。

彼の気性は父そっくりであり、何事も真剣に取り組み、決められた道をちゃんと進むところこそが大事だと決めて、生真面目にそのとおり進める男だ。

その彼、セチャン・コォクルは今日も感情を見せない顔つきで周囲に気を配っている。セチャンなりに王配となる男を見定めてもいるのだろう。身に纏う黒い官服は他の官吏と同じものだが、侍女たちが見惚れて噂をしているのをアリシュも知っていた。黒い髪は後ろでひとつにまとめられ、両手を後ろで組む立ち姿はすらりとして見栄えがいい。さらにこの若さで宰相であるから、結婚相手としてはこの国で一番の男なのだろう。

そこでアリシュは左側もちらりと見た。

がっしりとした体躯《たいく》に、いつも厳めしく眉根に皺《しわ》を寄せた顔。子供たちからは時折怖いとさえ言われるアリシュの護衛がそこにいる。

いつもの兵服ではなく、今のような煌《きら》びやかな刺繍《ししゅう》を施された近衛兵の衣装に身を包むと、遠巻きにしながらも密かに慕う女性が多いこともアリシュは知っていた。

ダルファン・イムは、幼い頃からアリシュのために戦うことを学び、守ることを教えられた、誰よりも強い護衛だ。その目は鋭く、招待客であってもアリシュに傷をつけようとする者があれば、すぐにでも捕らえるという緊張感が漲《みなぎ》っていた。

兄のように信頼するふたりに挟まれながら、アリシュはさらに溜め息を吐く。

華族や豪商たち以外にも、アリシュの伴侶候補はまだまだ現れるだろうが、候補の第一位と二位が左右のふたりであることはこの場の誰もが知っている。

国のために鍛《きた》えられたふたりこそが、女王の伴侶として一番相応《ふさわ》しいのだと皆が知っているのだ。

客人の中には、華族のご令嬢たちも紛《まぎ》れていた。彼女たちは、他の候補者たちとの会話を楽しみ、自由に歩き回って相手の男性を選んでいる。アリシュのために呼ばれた候補者ではあるが、その身分は令嬢たちにも申し分ないものであるから、王配に選ばれないのなら自分の夫に、という漁夫《ぎょふ》の利を狙っているのだろう。

それでも、相手を自由に選べる彼女たちがアリシュは羨《うらや》ましかった。

確かに、周囲からは、王配はアリシュが選ぶように、と言われている。

これまで道を示されてその上を歩くように言われてきたアリシュだが、それくらいは自由に決めさせてやろうという配慮でもあった。

しかしその実、自由などないとアリシュは知っている。

女王の夫という地位や力を、それを望む者たちに与えるなど、国民のことを第一にと教育されてきたアリシュに出来るはずがない。

結局は、左右ふたりのうちのどちらかを選ぶことが、無難で間違いはないのだ。

そう知っているのに、休む間もなくこのような席を設けることにアリシュは大きな不満を抱えていた。

欲を言うなら、アリシュにも理想はあった。

女王とはいえ十八の娘、恋を夢見る年頃でもある。アリシュの生活の中でそのような機会が訪れるはずもないのだが、運命の出会いを夢見るくらいは自由だった。

アリシュの初恋は、この世の人ではない。

一冊の本に収められた、国中の少女が夢見たであろう、物語の中の架空の騎士だ。

『異国の姫と金の騎士の物語』は近隣諸国でも少女たちを中心に大流行し、おそらくこの大陸の中で知らない女性はいないだろうと言われる本だ。女王となるべく教育されてきたアリシュに与えられる本は、国の歴史書だったり施政の書といったものが多かったが、せめて休憩中は年相応の女の子でいられるようにと、幼い頃から傍に控える侍女が用意してくれた。

女王らしくあらねばと毎日気を張っていたアリシュの窮屈さを、その侍女はよく理解してくれていたのか、寝る前に読み始めたアリシュはすぐに、その本の虜《とりこ》になった。

『異国の姫と金の騎士の物語』は、やがて王位につく騎士と、彼の前に突然現れた異国の姫の物語だ。様々な困難がふたりを襲うが、めげることなく立ち向かい、ふたりは最後まで愛を貫く。

アリシュも他の少女たちと同様に、この金の騎士に一瞬で落ちた。

アリシュの人生においてこれほど心奪われる相手はこの先もいないだろう。

ああ、彼が目の前にいたなら……

アリシュは一瞬想像して、馬鹿なことを考えたと小さく首を振った。

あとしばらくこのお茶席で時間を過ごし、その後でセチャンに「誰か心惹かれる方がいましたか」と問われたときに、「いなかった」と答え、もう何か月か女王の仕事だけに集中し、落ち着いた頃にこのふたりのうちどちらかを選べばいい。

夢を見ることは自由とはいえ、本当にそれは夢。現実になることはない。だからアリシュは内心笑って早々に諦め、この馬鹿げたお茶席がいつ終わるものなのか、陽の傾き具合を見て目を細めた。

招待客の中から、ざわりと驚愕《きょうがく》したような声があがったのはそのときである。

アリシュの場所からは何も見えないが、明らかに人垣《ひとがき》の向こうに皆が視線を向けている。騒がしいようでいながら、皆言葉が出ないようにも見えた。

「何事だ？」

「誰か客人か？」

「招待客は揃っている。新しい客人の予定はない」

アリシュを挟んでセチャンとダルファンが言葉をかわす。

国のため、アリシュのため、ふたりの団結力は強かった。すぐに警戒を強め警護を増やそうとダルファンが指示したところで、アリシュの前にあった人垣が割れた。

そしてその間を、まるで阻《はば》む者がいないのが当然のような足取りで歩いてくる男の姿を見て、アリシュも、警護するはずの周囲の者も時間が止まったように思えた。

その姿は、異国のものだった。

歩く風でたなびく生成りのマントとその下の衣装は、この国のものではない。しかし長身の男の身体の、しなやかで見惚れるほどの動きを決して邪魔していない。

その衣装は、金で縁どられた金具や腰に剣を差す帯などの装飾から、身分の高さを知らしめている。しかしなにより、男が目立つのはその衣装よりも彼自身だった。

肌の白い者がほとんどのこの国ではめったに見かけることのない褐色の肌をしているのだ。そして目は、深い海のように青い。頭を隠す布の隙間から見えるのは確かに金色の髪だった。すべてこの男の美しさを引き立てる演出のようにも思えた。

その美しい異国の男は、まっすぐにアリシュのもとまで歩く。それを阻む者は誰もいない。目的はアリシュなのだと解っていても、アリシュはその男に目を奪われ、思考も奪われたかのように指先ひとつ動かせずにいた。

周囲のざわめきなど、もう耳にも入ってこない。

男はアリシュのいる東屋の前まで辿《たど》り着き、そこでようやく動き出した護衛が彼の前に立ちふさがる前に、膝をついた。長身の男に見上げられ、アリシュは視線を合わせたもののまだ口から言葉は出てこない。

「何者だ。下がれ、女王陛下に勝手に近づくことは――」

「サリークの第五王子、イヴェル・D・アデ・ラ・サリーク殿下でいらっしゃいます」

気づくと、突然現れた男の傍には従者がひとり控えていて、彼の身分を明らかにした。

その名前に、また張り詰めたようなざわめきが起こる。

サリークとは、別名「砂と草原の国」と呼ばれる、デュロンからは大国シュゼールを挟んだ西側にある国だ。小さなデュロンで暮らす者からすると、果てのようにも思える遠い国でもあった。

しかし小さな東国でもその国の名を知らぬ者はいない。

デュロン国民との風貌の違いも、よく知られていた。

地位あるものは文献などから知っていたが、一般には、国中の少女たちの間に広まった本で知られていた。アリシュが夢中になっていた本の、金の騎士の風貌を持つ者こそ、サリークの王族だったからだ。

この場にいる華族の令嬢たちも、知らないはずはない。身分を問わず、あの本の内容は知られている。詳しく読んでいるかどうかはさておき、異国の姫を守る砂の国の王子がともかく格好良いと評判なのだ。何があっても姫を守る。信じる。その姿に心を打たれない女性はいない。

誰しも一度は憧れ、自分にもその王子が現れて、愛を囁《ささや》いてくれないかと願ったものだ。

アリシュの好みの顔は、目の前の彼そのものだった。夢がそのまま具現化したような存在が現れ、動いている。目を、意識を奪われないはずがなかった。

その唇が動くのを、アリシュはじっと待っていた。

「姫さま」

「――――ッ」

アリシュは息を呑んだ。

その本の中で、砂の国の王子が異国の姫を呼ぶときは、いつも「姫様」と呼んでいたのだ。まさに王子の口から同じ言葉が出てきて、ますますアリシュは意識が引き寄せられた。アリシュは女王なのだから、「姫様」と呼ばれる身分ではないのだが、そんな訂正を口にするような余裕はなかった。どうしてそう呼んだのか、問いかける声も出ない。

やがてにこりと美しく笑った王子は、その綺麗な唇を開いた。

「姫さま。僕を姫さまのペットにしてください」

「…………」

今、なんと言ったの？

アリシュは身体の動きを止めたまま思考も止めたが、それは周囲も同じだったようだ。皆声もなく、視線を一身に集める異国人を見つめて、耳にした言葉を反芻《はんすう》し、聞き間違いかと疑っているような顔だ。

「姫さまの周りには、もう優秀な人たちがたくさんいるでしょう？　僕は姫さまの仕事の手伝いはしないけれど、姫さまを癒《い》やしてあげることが出来るよ。疲れたら僕に甘えていいよ。姫さまの言うことなら何でも聞くし、姫さまの望むことはなんでもするよ。僕は姫さまだけのものになる。だから――」

誰の制止もなく、彼は笑顔のまま言葉を繋ぎ、ふと思い出したように頭を隠した布を取り払った。そこから現れたのは、予想していた以上に輝く金色の髪。褐色の肌と相まって、それは周囲の視線をさらに惹きつけるほど美しかった。そしてそんな自分の魅力も解っているかのように、彼は一際妖《あや》しく笑った。

「僕と結婚してください」

しん、と時間が止まったような沈黙がそこに流れた。

突然現れた、異国の王子の言葉に耳を疑い、存在を疑い、けれどいち早く我に返ったのはアリシュではなく、アリシュの護衛であるダルファンだった。

「ば……馬鹿なことを言うな！　衛兵！　この者を捕らえ身柄を拘束せよ！」

焦りと怒りの混ざった怒声に従おうとした兵士たちを、強い身振りで止めたのは異国の王子の従者である。近づこうとする彼らの前に出て手を上げ、顔をはっきりと顰めて周囲を睨《にら》みつけた。

「我が殿下を捕らえよとはいかなる理由があってか。理由によっては、すぐ本国へ通達し失言を後悔していただくことになるが、どうされるか」

従者の睨みに狼狽《うろた》えたのは兵士たちだ。ダルファンの命令とはいえ、本当にサリークの王子であるなら、その何分の一の国力しかもたないデュロンでは戦を仕掛けられても勝てる見込みはない。

大国シュゼールに隣接しながら小さな東国デュロンが存在し続けられるのは、その武力が他国の脅威にならないことと、職人の技術が認められているからだ。この技術を巡り、大国同士が互いにけん制しあった結果、独立が保たれている。けれど大国に呑み込まれてしまえば、デュロンの王族としてアリシュが生き残れる道はない。

それが彼らの躊躇った理由だが、すぐに冷静さを取り戻した宰相セチャンは、まっすぐにアリシュだけを見つめる王子にひたりと視線を当て、冷ややかな声で問うた。

「王紋《おうもん》を――サリークの王族でいらっしゃるなら、その証である王紋をお持ちですね？」

身分を証明するために、各国の王族はそれを示す紋章を持ち歩くことが常だった。

その身に隠せるような小さなものだが、偽造するには膨大な費用がかかる上に、それが見つかれば極刑に処せられることから、偽物を持つなど普通では考えられないことだった。

王子はセチャンの言葉を聞いて思い出したように衣服の中に手を入れ、金糸で編まれた紐に吊られた丸い円盤を示す。

掌にのる大きさのそれは金で出来ており、複雑な模様が刻まれ、赤く美しい宝石が埋め込まれている。その紋章はアリシュの知るサリークのものと同じであった。宝石は偽物に見えない。

偽造するにしても、どれほどの金を積んで作ったのか解らないほどだ。それだけの金と命をかけて偽物を作る意味も解らない。

つまり、目の前に居るのは、砂と草原の国サリークの、本物の王子であるということだ。

アリシュはそのやり取りを上の空で聞いていた。

セチャンやダルファンの、アリシュを守ろうとする強い気持ちは昔からよく知っている。

しかし、アリシュの意識はすでに、膝をついて返事を待つ男に向かっているのだ。

彼の言った言葉を何度も頭の中で繰り返す。

アリシュにとって必要なのは、この国での地位ではない。アリシュを守ることではない。アリシュの道を決めることではない。

それらはすべて、すでに存在している誰かが行っていることだからだ。決められた道を進むことだけを許されたアリシュ。そこへ突然現れた、日々の癒やしを与えてくれる存在。たとえそれが逃避《とうひ》だと言われても、女王としての責任感がないと罵《ののし》られたとしても、アリシュは女王としてではなく、ただのアリシュとしての伴侶を求めていた。

そして、理想がそのまま現れたのだ。

真っ白になった思考で、はっきりと何かが解ったわけではない。ただ、何も考えていなかったはずの頭の中で、アリシュは欲しいものだけが解った。

「――はい」

まだ周囲が何かを言っていたようだが、アリシュは跪《ひざまず》く男を見つめ、答えた。

その答えの意味をはっきりと、最初に理解したのは宰相だろう。その答えの出所を疑うかのように勢いよく振り返り、次にダルファンと視線を交わし、言い直すように口を開こうとしたが、男が手を差し出すほうが早かった。

「僕と結婚してくれる？」

「はい」

男の手を、アリシュは躊躇いなく取った。

その瞬間、東国デュロンの女王であるアリシュ・ミン・ロンと、砂と草原の国サリークの第五王子イヴェル・D・アデ・ラ・サリークとの婚姻《こんいん》が決まったのだった。

＊＊＊
「本当にあんな求婚で受け入れられるとは……」

イヴェルは、まだ疑わしげな表情をしている従者の言葉に笑った。

「どこかおかしかったか？」

「おかしいも何も、女王様の正気を疑うほど異常でしたよ」

アハルの物言いは、従者として不遜《ふそん》とも言える。しかし、彼にとってはイヴェルの言動を批判することが普通なのだ。それは付き合いの長い彼だからこそ許されることだった。

言葉どおり、生まれたときからの付き合いだ。アハルの母は、イヴェルの乳母だった。幼い頃からイヴェルのためにと教育されてきたアハルだが、通常の従者として構えていてはイヴェルについてこれないのだろう。

自分が大人しい人間だという自覚はイヴェルにはなかった。

ずっと自由に旅をしたいと思っていたのだ。それは従者や護衛を幾人も引きつれた旅行ではなく、気の向くまま行きたいところへ、時間の制限なく流離《さすら》う本当の旅だ。

各地で見聞きしたことを兄弟たちに手紙で知らせてはいるが、国を出てから一度も帰っていない。それが許されるのは、イヴェルも努力したからだ。

まずどこへ行こうとも何が起ころうとも、冷静に物事を見定められる力。そして誰かに襲われても抗《あらが》えるだけの力。それでもひとりというのはなかなか難しかったので、同じだけのことをアハルにも教え、たったひとりの従者として道連れにすることにした。

むしろアハルがいてくれたおかげで楽になることも多い。イヴェルは誰よりも自分を理解しているアハルを重用してきた。

そのアハルが訝《いぶか》しんでいるのだから、傍目《はため》に見ればおかしな求婚だったのだろう。

しかしイヴェルに後悔はない。そして、あれが一番正しい方法だったと思っている。

実際に彼女はこの手を取って結婚することになったのだから、間違っていなかったのだろう。

この国の宰相だという男は、慌ただしくお茶席を閉め、とりあえずイヴェルに客室を与え、しばらく待つように言いつけると、アリシュをイヴェルの目から隠すように消えた。

おそらく向こうでは、突然の求婚と、それに対するアリシュの言動。そして結婚についての細かなことなどを話し合っているのだろう。

突然現れた王子と名乗る男を信用していいのか。信用して結婚したとしても、どこまでの権限を与えるのか。

イヴェルとしては、何の権限も必要なかった。ただ欲しいと思ったアリシュの側にいられさえすれば満たされる。いや、本当はあの取り澄ました表情を崩してみたいと思っているのだが、今はそれを悟らせるべきではないだろう。

「イヴェル様。お顔が……」

「ふふふ、いいだろう。アハルしかいないのだから」

アハルが注意したくなるような顔になっていたらしい。しかし注意されても、イヴェルの笑みは深くなるだけだ。

「ああ、早く会いたいなぁ……あの顔を舐めてみたい」

「………」

イヴェルの望みは、その言葉どおりだ。

この舌で、あの陶磁《とうじ》のような美しい白い肌の味を確かめてみたいのだ。

それが本心だと解っているから、アハルの表情は無に近く、主人の思考を怪しげな沼から引き上げるべく話題を変えた。

「それにしても、あの女性――この計画を持ちかけてきた方ですが、先ほどのお茶席にいらしていましたね」

「ん、そうだったか」

「そうでしたよ。華族のおひとりでした」

「へぇ。じゃあ計画どおりだと笑っていただろう」

「まぁ、そうでしょうが……彼女の計画は、あまりに人任せ、穴だらけです。本当に遂行《すいこう》し成功させる意思があったのでしょうか」

「あったんだろう」

イヴェルはまったく気づきもしなかったが、アハルが言うのだからあの場所にかの女性がいたのは確かだろう。アリシュを手に入れることしか望みのないイヴェルには、そんな些細《ささい》なことはどうでもよかった。

しかし、彼女の考えていることは解る。どんな穴だらけの計画だろうと、成功すると信じているし、誰もが思うままに動くと思い込んでいる。

浅はかな、欲望だけは大きな人間はこれまでにも数多く見てきた。イヴェルは駒《こま》のひとつにしかならない相手のことはどうでもよかったが、自分が本当に望むアリシュを手に入れるには、その駒も必要だと嗤った。

「その華族の女にはこれから役立ってもらう。そのためには、彼女の計画どおりに進んでいると思わせるために、命令に従うふりを続けようか」

「イヴェル様。お顔が」

「いいじゃないか。これから面白くなるだろう。アハル、もう少し情報を頼むよ」

「――解りました」

優秀な従者に後を任せ、イヴェルはこれからの波乱を想像し、ひとり嗤い続けた。

# 2章

「何を考えておいでか！」

いつも冷静さを失わないセチャンの怒声が響いたのは、アリシュの私室である。

異国の王子による突然の求婚で終わりを告げたお茶席を後にして、アリシュは連れ去られるようにここへ戻された。

ダルファンもセチャンと同じように厳めしい顔をしているが、これはいつものことだ。しかし本当に怒っているのだと、付き合いの長いアリシュには解る。同じ部屋には若い侍女が控えてお茶の用意をしてくれていたが、事情を知らないのか、宰相の珍しい怒鳴り声に驚き、怯えまで見せていた。

そんなに怒ると女性に嫌われるわよ。

アリシュは宰相の人気の心配をしながら、怒られる理由も解っていたのでお茶をもらうと侍女には下がるように伝えた。

「女王陛下！」

そんな様子がのんびりしているように見えたのかもしれない。切れ長の目を吊り上げてさらに怒るセチャンに、アリシュは一口お茶を飲んで、息を吐いた。

「……何が駄目だったの」

「なんです？」

「何が貴方たちの気に障《さわ》ったの、と聞いているの」

アリシュは冷静な声で、もう一度言った。

温度差を見せつけられるようなアリシュの声に、セチャンも荒ぶった気持ちを落ち着かせたようだ。大きく息を吐き出し、改めてアリシュを見つめる。

「私が心配しているのは、あのように軽率にご結婚を決めてしまわれたことです」

ダルファンはそれに同意するように大きく頷いた。

アリシュはふたりを見つめ、自分の視線が冷ややかなものになっていると知りながらも感情を抑えることはしなかった。

「心配しているのではなくて、怒っているのでしょう」

「怒ってなどおりません。ご心配しているのです。あの者、本当にサリークの者かどうかなど、まだはっきりしておりません」

「あのご容姿で、サリークの出身ではないと言われたほうが疑うわ」

「サリークの王子であるかどうかを疑っているのです。まずサリーク本国に問い合わせ、それから決めるべきことです」

「そもそも、かの者、従者がひとりきりというではないですか。本当に王子であるなら、もっと護衛もいるはずです」

いつも無口なダルファンさえも、不審も露《あら》わに主張する様を見て、アリシュは少し眉根を寄せた。

「王紋は偽物ではなかったはずよ」

「その王紋も、本当に王子のものであるかどうか、まだ解りません」

「王紋の偽装は重罪です。子供でも知っていることよ」

セチャンはここではっきりと顔を顰めた。ダルファンも同じ顔だ。

おそらく、これまで口答えすることもなく、言われるままに示された道を進んできたアリシュが、突然刃向かったことが信じられないのだろう。

「王紋は、盗んだものかもしれません。各国へそのような盗難被害がないかも問い合わせてみませんと」

イヴェルを端《はな》から信用しないセチャンたちの言葉に、アリシュの中に渦巻いていた不満が、これまで押さえつけていた何かが、突然噴き出し口を見つけて溢れた。それを止めるのは、アリシュでも無理だった。

「貴方たちは結局のところ、自分が選ばれなかったから怒っているのでしょう。そんなに私の夫になりたかったの？　今の地位より、もっと大きなものを望んでいるの？」

「女王陛下！　それはあまりに我々を侮辱《ぶじょく》する発言です！」

ダルファンの反論は、どこか拗《す》ねた子供のような感情を含んで聞こえた。

「では何に対して怒っているの。心配しているなんて今更言わないで。私の伴侶について は私が好きに選んでいいと貴方たちが決めたはずよ。好きな相手なら、それがサリークの 王子だろうとそうでなかろうと、どうでもいいはず」

アリシュは反論しようとするふたりを目で制し、言いたいことを続けた。

「私が決めた相手を、あれは駄目だこれは駄目だと言って却下《きゃっか》するのなら、最初から私の 自由などなかったも同じでしょう」

「女王陛下。貴女は誰より自由です。そうでなければならない」

アリシュの押し殺したような、しかし強い感情を含んだ声に、多少冷静さを思い出した 様子のセチャンが答え、ダルファンも頷く。

「女王陛下、我々は本当に貴女のことをご心配しているだけです。かの男、王子であるに しろそうでないにしろ、貴女を傷つけない者と決まったわけではないのですから」

「彼の望みは聞いたはずよ。この国で、力を望まないあの人を、私の夫にしたくない理由 はいったい何なの」

あのふざけているとしか思えない求婚の内容を、このふたりもはっきりと聞いたはず だった。セチャンはそのときの彼を思い出したのか、不服そうに顔を歪めた。

「ご結婚は、女王陛下の大切な転機。お相手を慎重にお選びいただきたいと思うのは、勝手な願いでしょうか」

「慎重にと言いながら、今日のお見合いを決めたのは貴方たちでしょう」

「本日ひらかれたのは、この国の有力な方々からご祝辞をいただくためのお茶席です。お見合いなどではございません」

「そんな言い訳で誤魔化《ごまか》される思っているのなら、ずいぶん私は見下されているのね」

「女王陛下――」

セチャンもダルファンもその表情がますます苦しくなってきたところで、アリシュの部屋の扉が叩かれた。

「入りますよ」

許可なく女王の部屋に入って来た相手に、三者三様に驚く。

主人のアリシュへの断りなく、女王の部屋へ入れる者は少ない。そのうちのひとりが、今ゆったりと入って来たチジュ・コォクル――前宰相だった。

アリシュの後見人でもある彼は、宰相という座を息子に譲り渡した今もこの城での発言力は大きい。

「チジュ様、どうされたのですか」

父親をそう呼ぶセチャンは、突然のことに驚いていたが、父親のほうは何もかも理解している上で現れたようだ。緩く、息子とダルファンに頷き、アリシュに深く礼をした。

「今日のこと、すでに城内に知れわたっております。人の口に戸は立てられぬものですから、すぐに城下へ、国中に知れわたることでしょう。今更取り止めにするにはそれ相応の理由が必要。セチャン、ダルファン。お前たちはその理由を何か考えた上で女王陛下のご意志を否定しようとしているのか？」

後半は息子たちへの厳しい言葉だった。

アリシュは思わぬ賛同に驚いた。これまで定められた道のとおりに、と教えてきたチジュだから、アリシュを諌《いさ》めるだろうと思っていたのだ。

「そのようなことは――」

「では、女王陛下のご意志に従え。それが臣下の務め。この国をより良いものにせんとする女王陛下のご意志を、誰より尊重することが我々の仕事だ」

セチャンたちの反論をチジュははっきりと抑えた。そしてその厳しい目をアリシュにも向ける。年老いていながら、前宰相は眼光の衰《おとろ》えを見せない。

「女王陛下、貴女様の決められたこと、誰もお止めはいたしません。しかしながら、かの男が信用ならないという臣下の意見もご理解いただきたい」

「……充分理解しているわ。貴方たちが私を心配していることはよく解っています」

「その上で、かの男とご結婚なさる。その責任も、貴女様にご理解いただけているのなら、我々に反論はございません」

アリシュはその言葉に、やはりチジュはチジュなのだと思い知らされた。

この国の女王になる。その意味を、祖父とこの前宰相によって何度も教えられて来たのだ。決して道を踏み外すことは許されない。常に緊張した状態で日々を過ごしてきた。

初恋とも言える、アリシュの感情を乱す男が現れたとしても、それでもなおアリシュに女王としての自覚を取り戻させる。

イヴェル王子のすることは、すべてアリシュの責任。

肩にもうひとつ、重石《おもし》が乗せられた気がした。

それでもアリシュにもう戻る道はない。あの美しい王子を自由に出来る。その甘美な誘惑に、自分が勝てるとは思えない。

周囲に何も言わせないように、これから自分が王子に教えればいいのだ。

調教する？

アリシュは不意に浮かんだ夢想に、一瞬意識を奪われて頬を染めた。

そんなはしたないことを、と慌てて頭の隅に追いやり、気持ちを取り直すように、新しい宰相に視線を向けた。

「結婚契約書の内容を決めるわ。彼のところへ行きます」

どんな話し合いになるにしろ、またあの王子と会えるのかと思うと、アリシュの心は浮き立った。

それを止めるのは、前宰相の冷静な視線でも無理なことだった。

イヴェルに用意されたのは、この城の中でも最上級の客室である。

まだ身分がはっきりしないとはいえ、王配に選ばれた者を粗雑《そざつ》に扱うことは出来ない。

天井を高くして空間を広く見せているこの部屋だが、その中で寝椅子にゆったりと横たわるイヴェルほど美しい存在は見たことがない。

その落ち着いた様子は、彼がこの城の主と言ってもおかしくないほど堂々としていて、アリシュはどちらが王なのか一瞬解らなくなったほどだ。

しかしアリシュが部屋に入って来たことに気づいた途端、イヴェルは目を輝かせてその様子を一変させた。

「姫さま！」

耳が見える！

金糸が輝く頭の上に、ぴこんと美しい獣の耳が立ったように見えたのは、アリシュの見間違いだろうか。実際に獣の耳などありはしない。アリシュの気のせいに違いないのだが、耳だけでなく尻尾まで大きく振られているように見えてしまったのだ。

イヴェルはまっすぐにアリシュに近づき、美しく整った顔をにこりとさせた。

「どこに行っていたの？　僕は姫さまの傍に居ることが仕事なんだから、同じ部屋にいたいんだけど」

「なっ！　貴様！」

イヴェルがあっという間にその腕の中にアリシュを閉じ込めてしまうのを見て、すぐ後ろに控えていたダルファンが腰の剣に手をかける。今にも抜いてしまいそうな形相《ぎょうそう》だが、隣にいたセチャンがその手を押さえた。

しかしイヴェルはその光景など目に入っていないかのように、アリシュだけを見つめたまま笑顔を崩さない。

アリシュは、いきなり眼前に迫ってきた美しい顔に一瞬息が止まった。

笑みを崩さない、感情を露わにしない、と長年教え込まれてきたおかげで驚愕に目を見開くことはなかったけれど、身体が固まっているのはイヴェルには知られたはずだ。それでもイヴェルはアリシュを放すことはなく、その腕にさらに力を込めてきそうだった。

「女王陛下」

この腕に抱かれていたい。

一瞬、そんな想いに引きずられてしまったアリシュを現実に引き戻したのは、冷静な前宰相の声だった。

最後に部屋へ入って来たからか、状況は一番よく見えているのだろう。アリシュは理性を思い出し、そっと手をあげてイヴェルの胸を押し返すと、ふたりの間に距離を取る。

「イヴェル王子。少し落ち着いて、お話をいたしましょう」

「僕は落ち着いてるよ？」

「……ええ、座ってお話を。私たちの結婚のことを」

「うん、そうだね」

アリシュの落ち着いた声は、相手にも冷静さを促すと城内で評判だった。イヴェルにもその効果を期待したのだが、笑顔のままままったく様子の変わらないイヴェルに、アリシュのほうが表情を崩しそうになる。

けれどアリシュが困っているのをイヴェルも理解したのか、自然にアリシュの手を取り、今まで自分が座っていた寝椅子へ誘う。

その洗練された動きはまさに王族としての気品が備わっていて、紳士の規範となるべきものであり、イヴェルの出自を疑う余地のないものだった。

ただし、それもアリシュが寝椅子へ腰を下ろすまでのことだ。

彼はふわりとしたアリシュのスカートを押しやり、ふたりの間に少しでも隙間を作りたくないとばかりに寄り添い、身体を押し付けてきたのだ。

「女王の結婚だもの。いろいろ決めごとがあるよね。僕としては、今すぐに結婚したいんだけど」

「あの……」

「ひとまず、誓約書に名前を書いてしまおうかな？　すぐに書けるよ。そうしたら姫さまは僕のものだねぇ」

にこやかな笑顔のまま、麗しい王子の姿をしたイヴェルは、その場の空気をなにひとつ読むことなく自分の考えに間違いはないとばかりに言葉を紡ぎ続ける。

「あの」

「ああ楽しみ！　早く結婚しようよ姫さま！」

「あの！」

「なぁに姫さま」

「近いのです」

手をあげて、必死の思いで待ったをかけたアリシュは、ようやくイヴェルが聞く気になってくれたのかとほっとして、どうか理解してくれますようにと願いを込めて距離が近すぎるこの状況を説明した。

イヴェルは身体を押し付け体温を感じるほど近づくだけでなく、いつの間にか肩を寄せ、囁くときのように顔を近づけてきている。

その美しい顔を間近で直視してしまい、アリシュは自分の心音が聞こえてしまうのではと心配するほど動悸《どうき》が激しくなったが、自分たちへ注がれる他の者たちの視線に違う意味で緊張を強いられ、狼狽える。

ここ数年、王族として、女王として認められるようになった冷静沈着なアリシュにしては珍しい動きでもあった。

イヴェルは目の前で止まれと命じられたペットのように動きを止めていたが、アリシュを見つめ、目を細めた。

「もっと近づきたい」

「イヴェル王子！」

唇が触れあいそうな距離まで近づいたところで、アリシュは初めて身体を引いた。

そしてそのとき、いつの間にか寝椅子の背後へ回っていたダルファンの鋭い剣が割り込んだ。

「それ以上近づけば、サリークの王子であろうとも、ただでは済まないと思え」

アリシュを護ることを第一とするダルファンは、アリシュを傷つける者がいようものならどこの国の王族であろうと切り捨てる覚悟を持っていた。

イヴェルは目の前に現れた鋭く光る剣と、射殺しそうなダルファンの目を見比べて、うっすらと笑みを浮かべた。

目の前に並べられた皿を見て、どちらから食べようかなと、考えるような仕草だ。その笑みを愚弄《ぐろう》されたものと受け止めたダルファンは、目をさらに吊り上げ、剣先をイヴェルに向けようとしたが、それが実行されることはなかった。

「ダルファン。仮にも王配となられる方への無礼は許されん」

いつの間にかアリシュたちと机を挟み、反対側の椅子に腰かけていたチジュが、低い声で制する。ダルファンは従うべき上司でもあるチジュと、憎々しい男のイヴェルとを見ると、顰め面を隠さないまましぶしぶ剣を引く。けれどいつでも剣を抜く用意があるのだとばかりに、柄に手をかけたままでアリシュの背後に控えた。

最年長の前宰相のおかげで一触即発《いっしょくそくはつ》の空気は打ち破られ、息子のセチャンは、冷静さを思い出したように父の傍に立ち、友人とは違う落ち着いた目でイヴェルを見て、話を進めることにしたようだった。

「さて、イヴェル王子。この度のご婚姻、もう取り消すことは出来ません」

「取り消して欲しいなんて言っていないけど。ねぇ姫さま？」

「そうですね……」

「姫さまと結婚するのは僕だよね？」

「そ、そうですね」

「姫さまは僕のでしょう？」

アリシュの合意を強引に引き出してから、イヴェルは最後の問いかけをチジュに向ける。他の誰にも譲るつもりはないが、言質《げんち》を取ろうとするような問いかけだった。

チジュは当然とばかりに頷く。

「そうなります。けれどイヴェル王子はあくまで女王陛下の伴侶。女王陛下のお傍にいらっしゃる方。それだけです。決して女王陛下と同じ力を持つわけではないこと、ご理解いただきたい」

「いらないよそんな権力」

「そのお言葉、偽りなきよう、書面に記載したものへご署名いただきたいのですがいかがでしょう？」

「いいよー。早く用意してくれるかな？　もうすぐにでも姫さまと結婚したいから」

その書類を持っているのであろうセチャンが、眉根を寄せた。手にしている紙がよれないように、必死で何かを耐えているようで、その眉尻はぴくりと揺れている。

用紙を待っている間にと思ったのか、イヴェルは自分の懐に手を入れ、そこに収まるほどの円盤を取り出した。アリシュに向けて、その模様をよく見せる。

とても美しい細工が施されていた。イヴェルの持つ王紋と甲乙つけがたい見事な装飾だ。王紋よりは薄く軽いそれを、イヴェルはアリシュの手を広げさせてその上に乗せた。

「これは姫さまへ。結婚する相手には何か贈り物をするものでしょう？　でも僕の持ち物って多くなくて、これくらいしかないんだよね」

ごめんね、と申し訳なさそうに少しだけ眉を下げるイヴェルに、アリシュは掌にのせられたものを見つめ、正気だろうかとイヴェルをもう一度見上げた。

「これくらい」などという言葉がおよそ似つかわしくない品物だったからだ。デュロンでも最高峰の職人が手がけたと言っても過言ではないものだ。裏返すと鏡になっていて、白いアリシュの顔がよく映る。

手鏡だとするのなら恐ろしく高価なものだし、男性であるイヴェルの持ち物として少し不自然でもある。

そんな気持ちが顔に表れていたのか、イヴェルはにこりと笑って説明した。

「僕の母のものなんだ。いつか誰かにあげなさいって持たされていたから、丁度よかったね」

「お母様の――」

アリシュは声を失《な》くしたが、イヴェルはまったく気にしていない様子だ。

「うん。姫さまの好みじゃないなら捨てていいよ」

「捨てる!?」

これを、とアリシュは掌とイヴェルを見比べて、イヴェルが冗談で言っているのではないと悟ると、さらに重みを増したような手鏡を強く握り、緩く顔を振った。

「ええ……いいえ、これは、あの」

「受け取ってくれる?」

「……はい」

それ以外の答えなど、アリシュにはない。

このやり取りを見ていたはずの周囲に目を向けてみたが、断る判断は誰も持ち合わせていなかった。

「ありがとうございます。大切にいたします」

アリシュがどうにかそこまで言うと、イヴェルはチラチラとセチャンへ視線を向けて、それからもう一度アリシュへ顔を近づける。今度は内緒話をするかのように耳に顔を寄せたが、声を潜《ひそ》める配慮はまるでなく、部屋中に響いた。

「ねぇ姫さま、さっきからあの人、僕のことじっと見ているけど何かな? 僕、そういう趣味はないんだけど……」

「私だってない！　ふざけているのか!?」

イヴェルの言葉に反射的に怒鳴り返したのは揶揄《やゆ》されたセチャン本人だ。その顔に、もはや冷静さはなかった。言葉を発した瞬間、声を荒らげてしまったことに顔を顰め、忌々《いまいま》しいとばかりにイヴェルを睨む。

これでイヴェルは、女王の側近ふたりともに睨まれることになった。だというのに表情はまったく変わらず飄々《ひょうひょう》としていて、アリシュは目を瞬かせる。

そもそもダルファンは普通の兵士でも怯えるような鋭い目をしているし、切れ長の目を細めるセチャンも相手を竦《すく》ませる威圧感を醸《かも》し出している。それらを平然と受け止め、何もなかったように振る舞い続ける者を初めて見たのだ。

イヴェルの言動は、王族に求められているものから少し外れていると、アリシュは気づいていた。けれど、どの国の王族も一般の者とはどこか感覚がずれているところがあるし、サリークではこの態度が通常なのかもしれないと好意的に考えてみる。

とはいえ、アリシュも一国の女王。他国の王族に見《まみ》える際の常識は教え込まれている。どう考えても、他国の王族であっても、イヴェルの行動は王族として――いや、普通の人としてもずれている気がしてならない。

もしかして、とんでもない人を選んでしまったの？

アリシュは今になって焦りを感じたが、今更変更など出来ない。冷静にならなければと表情を取り繕《つくろ》うものの、背中にはひやりとしたものが伝う。

だがこの混沌《こんとん》とした空気の中で、突然チジュが声を上げて笑い出した。

「ふふふ、ははは、いや、申し訳ございません」

「チ、チジュ?」

「チジュ様?」

アリシュだけでなく、ダルファンも、その息子のセチャンでさえ、この老人が声を上げて笑うところなど見たことがなかったのだ。三人はイヴェルの奇行を見たときよりも驚きの視線を向けたが、当人は目尻に皺を寄せたまま、イヴェルに微笑んだ。

「息子が、いえこの者は私の息子であるのですが、そのような誤解をされ、果ては慌てるところなど初めて見ましたので、思わず笑ってしまいました」

申し訳ないと頭を下げるのはイヴェルに対してで、笑われた息子にではない。

憮然《ぶぜん》とするセチャンに対し、イヴェルはにこりと笑い返した。

「へぇ、息子なんだ。言われてみれば似てるかな?」

「セチャンは妻似でして。厳めしい顔の私に似なくてよかったと夫婦でよく話しております」

「あ、そうなんだ。僕、人の顔を覚えるのが苦手で、判別も苦手なんだよねぇ。また間違えたらごめんね」

にこやかに言っているが、相手の顔を覚えられないのは王族として致命的だということをアリシュは知っている。本当に大丈夫だろうかと不安になるが、チジュだけは笑って頷いた。

「申し遅れましたが、私はチジュ・コォクル。女王陛下の相談役といったところでしょうかな。この後ろにいるのが不肖《ふしょう》の息子で、セチャン・コォクルと申します。女王陛下の後ろへ控えているのがダルファン・イム。このふたりさえ覚えていれば王子が他に心配されることはございません」

　このチジュの言葉で初めて、若い三人は自己紹介をしていなかったことに気がついた。部屋に入るなりイヴェルの勢いに呑まれ、誰もが失念していたのだ。

イヴェルは本当に覚えられないのか、覚える気がないのか、相手を確認することもなく部屋の入り口近くに控える彼の唯一の従者を示した。

「あれがアハル。僕の従者。アハルが何でも覚えているから、実際のところ僕が覚えることは少ないんだよ。アハル、頼む」

　イヴェルと同じ褐色の肌を持ち、一目で異国人と解るアハルは、この場でただひとりイヴェルのこうした言動に慣れているのか、深く頭を下げただけだった。

　それを機に、チジュは背後の息子と目を合わせる。セチャンはここへ来た本来の目的を果たすべく、もう一度口火を切った。

「……それでは、イヴェル王子。こちらに契約書をご用意いたしました。何か付けくわえることがあればおっしゃってください。ご不明な点もございましたら……」

「別にないかな。アハル」

　机の上に広げられた紙にろくに視線を向けないまま、イヴェルは従者へ手を振った。心得ているのか、アハルは素早く用意したペンを主人に渡す。

躊躇いなど微塵《みじん》も見せず、その署名欄にペン先をつけたイヴェルを制したのは、頼んだ側のセチャンだ。

「お待ちください！　よくご確認いただかないと……あ」

「見たよ……はい。これでいい」

セチャンが止めようとしている間に、イヴェルは慣れた手つきで美しい文字をそこに並べた。他の誰でもない、イヴェルの本名である。

契約書の中身は、アリシュとの婚姻を認め、生活は保障するが、権力は一切与えられないという内容だ。権力争いなど、何か問題が発生したときのことを考慮して、土地も与えられず、屋敷もない。ただの王配として女王の傍で生活し、生涯を終えることになるというものだ。

アリシュの後継者となるふたりの間に出来た子供に与えられるものが、その父親にはまったく与えられないことがそこに示されている。

それを理解しているのかいないのか、文句のひとつも言わずに署名するとは誰も思っていなかった。

この提案からイヴェルの意見を聞き、お互いの妥協点を見つけるつもりだったのだ。

アリシュは美しい署名に驚いたまま、呆然とイヴェルに視線を向けた。

「イヴェル王子……」

「なぁに姫さま」

「これは……これは、本当に」

王族として、いや一個人としても、人生を決める大事な書面にこんなに簡単に署名してしまうなど、普通であるはずがない。アリシュは湧き上がる不安を抑えられなかった。

しかしアリシュの深刻な視線を受け止めたイヴェルは、彼女の頭の中を理解しているかのように、そしてまったく問題はないというように美しく微笑んだ。

「姫さま。僕は姫さまだけでいいんだよ。他には何もいらない。姫さまが僕のものになってくれればいいんだ」

「イヴェル王子……」

「イヴェルでいいよ。僕はもう姫さまのものだからね。好きにしていいんだよ」

「…………」

好きにして。

アリシュはその青い目にすべてが惹きつけられ、何も考えられなくなった。

いや、考えなかったわけではない。この美しい王子を、自分の好きにしていいと言われたのだ。一瞬で巡った思考は、とても女王に相応しいものとは思えないし、人に言えるものでもない。

そのことを自覚していながら、アリシュは目の前の王子から目を離せなくなったのだ。

イヴェルの手が自然に伸びてきて、アリシュの手を取る。当然のことながら、アリシュよりも大きな手だ。肌の色もまったく違う。アリシュに寄り添いながら、アリシュに見せつけるように、イヴェルはその手を自分の口へ近づける。

けれどイヴェルの視線はアリシュの黒い瞳から逸らされることはない。目を合わせたまま、イヴェルはアリシュの白い指に唇を触れさせた。

「……ッ」

瞬間、息を呑むような痛みが指先に走った。

本当に痛かったわけではない。ただ、痺れるような何かに弾かれた感じがしたのだ。

その衝撃で、思わずイヴェルの手を振り払ってしまったが、簡単に振りほどけるほどの力しか込められていなかったことに何故か落胆《らくたん》している自分に驚く。握り続けていた、もらったばかりの手鏡を、さらに強く握り締めた。

次いで荒々しい動きをしてしまったことに気づき、冷静さを思い出したアリシュは、今の行動が女王としてあるべき姿であったかどうかが気になり、慌てて取り繕うように手を膝に戻す。

胸を大きく上下させるように深く呼吸をして、女王としての顔をイヴェルに向けた。

「イヴェル王子」

「なぁに姫さま」

イヴェルはアリシュの不自然な動きを気にする様子もなく、にこりと微笑んで長い指をアリシュの頬に近づけた。

指の背が、すっと頬を掠《かす》める。しっかり触れられたわけでもないのに、アリシュは肌が粟立《あわだ》つのを感じた。手足をすっぽりと覆う装いのおかげで、何もかもが隠せたことを今このときほど感謝したことはない。

しかし不意に、真正面からチジュの視線を痛いほど感じ、アリシュは自分の立場を思い出した。

女王としての自分。何ものにも揺らぐことのない、国を導く象徴《しょうちょう》となる女王。それがアリシュであるべきなのだ。

アリシュは細く息を吐き、イヴェルの顔のすぐ下、異国の服の襟元を見つめた。

情けないが、とてもその目を見て話せるとは思えなかった。顔を見ず、目を合わさなければどうにか女王としての自分を見失わないですむ。

「契約書にご署名いただきましたので、あとは細かなことを決めるだけです。それは宰相であるセチャンに任せます。私はこれで失礼します」

そう言ってソファから腰をあげ、イヴェルから離れて早足で扉に向かう。

「姫さま、どこへ行くの？」

顔を見ないまま、あとは人に任せてしまえばこの動揺を隠し通せると思っていたのに、彼の声に不安が含まれているように感じて、アリシュは思わず振り返ってしまった。

そして後悔した。

「姫さまは僕と結婚するんだから、ずっと一緒にいなきゃ駄目でしょう？」

そこには、寝椅子に寛《くつろ》いだまま、目を細めて微笑むイヴェルがいた。絵に残せないほどの美しい姿は、アリシュの目を奪い続ける。すぐさま彼の手を取り、ずっと寄り添っていたくなっていた。

しかし、アリシュはぐっと奥歯を噛みしめて耐えた。

女王となるべく育てられ、我慢することが当たり前だったアリシュは、我慢していると意識することはほどんどなくなっていたが、こんなにも我慢を強いられたのは、おそらく幼い頃に最後のわがままを言って以来だ。それも死んでしまった両親の傍にいたい、女王になんてなりたくない、と厳しい祖父王から逃げるためのわがままだ。それが叶わなかったときの、自分を抑える力。今の我慢はそれに似ていた。

そしてそれを思い出したことで、アリシュはイヴェルの誘惑から逃れることが出来た。

「……いえ、仕事ですので。後はお願いね、セチャン」

今度こそイヴェルの顔を見ないようにさっと顔を逸らし、そのまま扉を出て行った。

扉のところで、イヴェルの従者であるアハルが礼儀正しく頭を下げていたが、いつものように後ろからダルファンがついて来ていて、アリシュはもう自室へ帰ることしか頭になかった。

逃げられない。

きっとその事実をアリシュは知っていた。あれに捕まれば自分は女王でい続けることが難しくなる。アリシュはそんな自分を理解していたからこそ、一時でも逃げることを選んだのだ。

まったく自分は、なんて相手を選んでしまったのだろう――

アリシュは手に握られたままの美しい手鏡を見て、イヴェルを思い出す。勢いだけで、顔の好みだけで選んでしまった伴侶に、少し後悔している自分が悲しくなった。

＊＊＊

アリシュがいなくなった後は、話が早かった。チジュはそのまま部屋に留まっていたものの口は挟まず、話を進めるのはセチャンであり、イヴェルは相手の言葉を黙って聞いていた。

ただひとつのことを除いて。

それは結婚式の日取りである。

可能な限り早くしてほしいというイヴェルの、ギリギリの妥協点は二週間後だった。

王族の、しかも女王の結婚式としては異例の性急さである。それでもイヴェルは不満だった。

もっと傍にいたい。近づきたい。その肌に触れたい。思うまま身体を貪《むさぼ》りたい。そしてその顔が歪むところが見たい。

そのためには、早く結婚したいと思うのだ。

少し触れるだけでは駄目だ。唇を指に当てるだけではなく、舌を伸ばして舐めたかった。

その頬を手で包み撫でてみたかった。

先ほど、一瞬だがアリシュの瞳が揺れたのがはっきりと見えた。

おそらく、かなり動揺を抑える訓練をしているのに違いない。表情に表れるのは少しの反応だけで、ほとんど笑みの形で収まる感情。それはあまりに異様であり、イヴェルにとってはつまらないものだ。

イヴェルが望むのは、それが歪むことである。

歓喜でもいい。不安でもいい。しかし、イヴェルの手で絶望に歪むのであれば、それはイヴェルの心を摑んで二度と離さないだろう。

美しいものは探せばどこにでもあるものだ。けれどイヴェルにとって、美しいだけのものはただそれだけだった。その美しさが崩れる瞬間を見るのが、この世で一番興奮し、興味を引かれる。

早く見たい。

そのイヴェルの様子を、ただじっと見ていたのは老齢のチジュである。

アリシュの相談役と言っていたが、おそらくこの城内で一番の権力者なのだろう。まだ年若き女王と、前宰相。そして現宰相はその息子である。この城の力関係はよく解った。

イヴェルとあまり歳の変わらない様子のセチャンは、真面目で有能なのだろうが、それだけにも見えた。アリシュしか見えていないダルファンはもっと簡単な男だと判断する。

イヴェルに対し、笑って受け答えをしていたチジュが一番掴みにくい人間ではあるが、逆にあそこで笑えるくらいなら、イヴェルにとっては一番付き合いやすい相手とも言える。

「遊びが足りないな」

客のいなくなった客室で、イヴェルは低い街並みの向こう、遠い山の奥へ陽が落ちていくのを窓から眺めながらぽつりと呟いた。

この景色は初めて見るもので、それなりに目を楽しませてくれる。

自国では自分の部屋が高い位置にあり、建物自体も険しい岩山の中腹に建てられているので、その斜面から下へ向かって街並みが眺められる。そして陽は窓とは反対側に沈むので、自室から夕陽を見たことはなかった。

反対に、この部屋からの景観は平らだ。建物が低いせいだろう。

街並みが国によって違うのは解るが、それでも低いのだ。屋根も高くないが、この城自体が一番高いところで三階までの高さしかない。今、イヴェルに与えられた部屋は二階である。昨日まで泊まっていた宿よりはもちろん高いが、二階は二階だ。高さは知れている。

それでも、この景色が嫌だとは思わなかった。

自分の気持ちに不思議と納得しながら、イヴェルはもう一度呟いた。

「どうやって突《つっ》こうか」

「イヴェル様。この国の方々はまだイヴェル様の言動に慣れていらっしゃいませんから」

従者としてイヴェルの過ごしやすいように部屋を整えていたアハルが、イヴェルの真意を理解して口を挟む。

イヴェルは赤い日差しを背にして振り返り、多くない荷物を解いているアハルに笑いかけた。

「慣れてしまったら面白くないだろう？」

アハルはその答えも理解していたのか、軽く息を吐き出しただけでそれに対する意見を避け、話を変えた。

「ご衣装はいかがいたしましょう。新調するにしても、この国の生地ではまったく同じものは難しいでしょうし、いっそこちらの服を？」

イヴェルは旅をする者として、軽装を好み、動きやすいものなら何でも平気で身に着けていたが、王族として暮らすならそれらの服はおそらく着ることはもうないだろう。そして正装は、あまり多く持ち合わせていない。

イヴェルは自分の少ない荷物を見て、少しだけ考えた。

「そうだな。こちらのあの……官服か。あれもいいな。でもこのトーブも一通り用意しておいてくれ」

「はい」

トーブはサリークでの正装だが、旅を始めてから、この服を着たのは今日が初めてだった。

しかしこの姿でアリシュの前に立ったとき、彼女の視線はずっと自分のものだった。この姿の自分が、どれだけアリシュの意識を奪っていたのかイヴェル自身がよく解っている。

陽が沈み、夕闇から夜へと変わりかけた街の色を眺めて、イヴェルはバルコニーへと続く硝子《がらす》戸を開けた。

「イヴェル様」

アハルはイヴェルの意図を察して、一応制止のつもりで声をかけてくる。

しかしイヴェルが止まるはずがないのも、よく解っているはずだ。

まず、どの場所でも自分の住む場所は自分で確認する。アハルにも頼むつもりではあるが、それでもこの城内の造りは自分でも理解しておく必要があった。

特に、アリシュの部屋への経路は知っておくべきだ。

さあ始めよう。

イヴェルはすべてを手に入れると心に決めて、計画を実行に移すべく外へ一歩踏み出した。

# 3章

「なんですって？」

アリシュは私室で軽い夕食をとり、気持ちが落ち着いた頃に受けた報告に眉根を寄せて聞き返した。

寛いでいたアリシュのもとへ来たのは、イヴェルとの話し合いを終えたセチャンである。チジュはもう帰ってしまったようで、他に部屋にいるのは、アリシュの気心の知れた侍女と警護のためにそばにいたダルファンだけだ。

城の最奥《さいおう》に位置するアリシュの私室は、普段は室内まで警護が入ることはない。ダルファンでさえ、扉の外で待機するのが常だ。客人があるときだけ同室するのだが、それはセチャンでも同じだった。いや、むしろセチャンであるからこそ、遠慮なく同席するのかもしれなかった。アリシュが咎《とが》めないから習慣になっているのだろう。

アリシュの私室の奥には寝室がある。そこは女王とその伴侶のための場所であり、他の私室より広めに作られている。寝室の向こうにあるもう一室はその王配のための部屋だった。つまり、ふたつの私室は寝室で繋がっているわけだが、今は王配の部屋は空室だ。

広い部屋にひとりで眠ることに慣れてきていたアリシュは、他の誰かと一緒に眠ることに緊張を覚えていたが、それはまだしばらく先のことと楽観していた。それだけに、セチャンの言葉に驚きを隠せなかったのだ。

「いつだと言ったの？」

「二週間後です」

「いつから？」

「本日より」

「二週間……？」

「はい」

それがアリシュの結婚式の日取りであるのかと、アリシュは何度も訊き直してしまう。結婚を決めたとはいえ、準備には時間がかかるものだし、式のことはもっと先の話になると思っていた。女王の結婚ともなれば国を挙げての行事だ。女王の就任式と同じくらい盛大なものになるだろうし、そのための準備は就任式と同じほど時間を取るだろうとも思っていたのだ。

それが二週間？　どうやって？

アリシュの胸には驚きの次に困惑と疑問が渦巻くが、その答えは持っていない。

「イヴェル王子は明日にでも、とのことでしたが、それは無謀ですので、どうにか二週間のお時間をいただきました」

それっていただくかどうとかの話じゃないわよね。

アリシュはどうしてあの後を任せてしまったのかと、頭を抱えたくなった。

しかしすぐイヴェルに呑まれてしまう自分では、あのまま一緒にいたとしても彼の勢いを止められたかどうかは怪しい。チジュが一緒にいたのなら、止めてくれてもいいのに、とアリシュは目を細めてセチャンを見つめる。

「チジュは、それでいいと言ったの？」

「チジュ様は何も。決められたことに同意されておりましたが」

「……そう」

女王は確かにアリシュであるが、権力は前宰相でありアリシュの後見人でもあるチジュのほうが大きい。ほとんどすべての場面において、アリシュの意思を尊重してくれるが、アリシュもチジュを頼っているところがあった。

セチャンは、大丈夫だと言い含めるようにアリシュに頷いた。

「二週間あれば、どうにか式を執り行うための準備は整います。もともと、女王陛下のご衣装はすでに用意されておりますし、イヴェル王子も正装をお持ちだということです。あとは不備のないよう、これから準備を行います」

「間に合うのなら……いいけれど」

セチャンの澱《よど》みのない言葉にアリシュもゆっくり頷いたが、それに反論の声を上げたのはそれまで控えているだけだったダルファンだ。

「何を悠長《ゆうちょう》なことを。女王陛下のご結婚式ですぞ!?　そのような取り急ぎでなど行えるはずがない！」

キッと強い視線を友人であるセチャンに向けて、彼ははっきりと怒りを見せている。

「セチャン、お前がいながら……！　あの男の意のままになってどうする！　こんなときこそ我らが女王陛下をお守りせねば！」

守るってなにから？

アリシュはダルファンの勢いに顔を顰めた。

イヴェルはアリシュが決めた相手だ。それを気に入らないからという理由で遠ざけようとすることのほうがおかしい。たとえそれがどんな相手であっても、アリシュの決めたことに異を唱えるにはそれなりの根拠が必要だ。しかし今のダルファンは明確な理由を持っているとは思えない。はっきりしているのは、イヴェルが現れてからずっと機嫌が悪いということだけだ。ダルファンがイヴェルのことを未だ「あの男」と呼んでいることが、彼の気持ちをよく表している。

それは彼の個人的な好みであるから、イヴェルとの結婚が認められないということにはならない。

普段は寡黙な男だが、アリシュのことになると声を荒らげる。それはありがたいことであるが、兄とも思う存在なだけにこういうときは扱いにくい。

しかしそれを窘《たしな》めたのは、同じく家族とも思うセチャンだ。

「ダルファン。少し落ち着け。イヴェル王子とのご結婚はもう決まったことだ。あとはつつがなく式を執り行い、女王陛下の幸せを思うのが、我ら臣下のあるべき姿なのだ」

「セチャン……」

「女王陛下がお選びになったお相手だ。それがたとえどんな方でも、王配として相応しいようご指導するのが我らの務め。とはいえ仮にもサリークの王子でいらっしゃるなら、我らが何かを申し上げる必要もないはずだが……」

セチャンが言いよどんだ理由は、アリシュも解る。ダルファンも解っているだろう。だからこそ、これほど否定するのかもしれない。

サリークの王子として。王族として。アリシュが教え込まれてきた王族としてのあり方と、イヴェル王子のあり方がまったく違うから戸惑ってしまうのだ。

見た目だけで選んだのはやっぱりまずかったかしら。

アリシュは後に引けないことに不安を覚えながらも、セチャンが指導して王族として真っ当になってくれるなら、と一縷《いちる》の望みをかける。

ただこれから先も、イヴェルはイヴェルのまま、変わらないような気がするのも確かだ。

そしてずっと変わらないことを、どこかで望んでいる自分もいる。アリシュはあの、一瞬触れた唇が、指先が、今でも忘れられない。思い出すだけで、じわりと身体が熱くなってしまう。

その火照《ほて》りを一気に冷やしたのは、ダルファンの低い呟きだった。

「……俺は、お前が女王陛下と一緒になるのだと思っていたんだ」

ダルファンの願いは、城内の者たちの半分が予想していたことでもあった。残りの半分はダルファンと一緒になるとみていただろう。けれどどちらかと結婚するしかなかったとしても、異性として見るにはもっと時間が必要だった。

セチャンを見れば、彼は苦笑してダルファンを見ている。

「そんな戯言《ざれごと》を言うのはお前くらいだ。女王陛下にそのようなことをお聞かせするべきではない」

「……申し訳ありません」

セチャンに窘められて、ダルファンはアリシュへきっちりと頭を下げる。

その謝罪を受け取りながらも、アリシュは釈然としないものを抱えていた。

自分で望んで相手を決めてはみたものの、本当に城内の者に、臣下や国民たちに、彼は受け入れられるのだろうか。

それが今の一番の懸案事項だった。


その夜、アリシュはひとり寝台に入っても考え込んでいた。

手にはもらったばかりの手鏡があり、その複雑な模様を何度も指先でなぞる。

「アリシュ様、何かお悩みですか？」

寝台に座り膝を抱え、手鏡を玩んで物思いに耽《ふけ》っていると、幼い頃から付き添ってくれている侍女のリュンが温かいお茶を用意してくれていた。もう寝るだけの姿になっていたが、まだ眠気は来ない。ぼんやりとしている間に、結構な時間が過ぎていたようだ。

アリシュは寝台の脇の机に手鏡を置き、そこに用意されたお茶に手を伸ばし、苦笑した。

「悩んでいるというか……考えても仕方のないことを考えてしまうの」

アリシュより五つ年上のリュンは、何でも相談出来る姉のような存在だった。祖父王や周囲からの期待と教育に押しつぶされそうになるたび、ひとりでいる寂しさを紛らわしてくれた大事な存在だ。今は女王の専属侍女であり、主に私室で身の回りの世話をしてくれる、なくてはならない存在でもあった。

どんなに取り繕ってもリュンはアリシュの気持ちを理解してくれる。このときも、グルグルと考えていたアリシュは、彼女に言われて確かに悩んでいるのかもと自覚した。

「イヴェル王子のことですね」

そして何を悩んでいるのかも知られてしまっているらしい。イヴェルからもらったものを見ていたのだから解りやすかったのかもしれない。

何を考えていても、あの顔を思い出すだけで真っ白になりそうで怖い。

どんな人間を前にしても常に冷静でいること。自分の考えを相手に悟らせないこと。そして国と国民のことを考え、最良の答えを出すこと。それがアリシュに課せられた役目であり、これからも考えなければならないことだ。あの笑顔ひとつに惑わされるようなことなどあってはならない。

しかし現実には、イヴェルを前にするだけでクラクラして冷静に考えることなど出来なくなるのだ。あの肌はどんな触り心地なのだろう。あの金糸のような髪に指を通したらどんな気持ちなのだろう。そしてあの唇に触れられたら——

そこまで考えて、アリシュは顔が熱くなった。

「アリシュ様、恋をしていらっしゃるのですね」

「——恋!?」

リュンの言葉に驚いて、赤い顔のまま振り仰いでしまう。

まったくいったい、なんてことを言うのか。まだ会ったばかりの人だ。伴侶に決めたのはただ顔が好みだったからで、まだ人となりを理解しているわけではない。いや、ここ数時間の付き合いで、普通からは少しずれている人かもしれないと解ったところだ。

どんな相手かもはっきり解らないのに、恋と決めつけるなんて。

考えながらも、リュンはアリシュの気持ちを的確に言い当てている。

確かに、イヴェルのことを考えるだけでどうにかなりそうだ。それを恋と呼ぶのなら、アリシュはすでにイヴェルに落ちている。

「そんな……そんな、ことは」

駄目だ。

アリシュは揺れる気持ちを必死に抑えるが、リュンは寝台に座ったまま動揺するアリシュを笑って見つめた。

「いいんですよ。気持ちなんて、自分でも抑えられないものです。ましてや他の誰かに言われたところで、変えられるものでもありません」

年上のリュンは、アリシュよりも人間関係では経験豊富だ。いつも落ち着いていて、冷静に判断出来るからこそ、アリシュの傍にいることを許されている。アリシュもつい彼女には頼ってしまっていた。

姉がいたら、こんな気持ちだろうか。アリシュはリュンに対していつもそんな気持ちを抱いていた。今も、自分の気持ちを肯定してくれる優しい彼女に揺れる心のまま目を向けた。

「でも……女王の結婚は、本当なら国を豊かにするための計略的なものであるほうがよかったのではなくて？」

「まぁ、誰がそんなことをお決めに？」

セチャンですか、ダルファンですかと、いつも傍にいる側近の名をあげながら眉を顰める。この勢いのままふたりへ説教をしにでも行ってしまいそうだ。リュンは宰相だろうと護衛だろうと、自分の考えと違うと思えばはっきり口にする。自分が間違っているのかもしれないといつも引いてしまうアリシュとは違う。周囲はアリシュに答えを求めるが、それが正解かどうか解らないアリシュはいつも怯えながら答えている気がしていた。

リュンはアリシュの気持ちをいつも肯定してくれる。それがアリシュには必要で、今は特にありがたかった。

「女王陛下となられてもひとりの女性、ご結婚には気持ちが伴っていないと、その結婚生活はとても悲惨なものになってしまいます。それが、好きな人と結ばれるというなら、これほど喜ばしいものはないではありませんか。アリシュ様は、毎日ご政務で大変なのですから、せめて私生活は心が豊かになるものでないと」

「リュン……」

同じ言葉を、他の誰が言ってもどうせ口先だけとアリシュは受け取ってしまうだろう。でもリュンの言葉だけは、素直に受け入れられる。アリシュはただ、それが嬉しい、と頷いた。

「ありがとう……」

「それで、イヴェル王子は、それほど美しい方なのですか？」

「……リュン」

「いいじゃないですか。私のアリシュ様を射止めた方ですから、それは綺麗な方なのでしょう？」

窘めるように見上げても、にこやかなリュンには通じない。

自分の気持ちを知られているリュンには何を言っても無駄なのだ。アリシュは取り繕うのを止めてしまうほうが楽だと、小さく溜め息を吐いて頬を染めた。

「……うん。一度見れば、忘れられないわ」

あの、彼が庭園に登場した場面を思い出すだけで、今でも胸が高鳴る。

異国の衣装がとても似合っていた。まるで本から抜け出してきたような王子。あんな人が本当に存在するとは、アリシュは今でも夢を見ているようだ。

あの口で、「姫さま」と呼ばれるとアリシュは胸が苦しくなる。いつも枕元にある『異国の姫と金の騎士の物語』は、アリシュの理想がすべて詰まっている。

こんなことは他の側近たちに知られるわけにはいかない。アリシュは国のために生きるべき存在であり、特定の誰かのことだけを考えたり、私情を挟むことは国民のために良くないと窘められるからだ。

それでも、イヴェルを見ると、アリシュの中にいる夢見る少女が落ち着かなくなる。女王のアリシュを抑え込んで、胸をときめかせるのだ。

「本当に、金の騎士のようなの」

「アリシュ様の愛読書の彼、ですね」

枕元の本をちらりと見ながら、リュンが笑う。

この本の中で「姫様」のことが好きな騎士は、その金色の髪が常に輝いていることから「金の騎士」と呼ばれているのだ。

「しかも絵本と同じでサリークの王子だなんて。これまで頑張ってこられたアリシュ様へのご褒美でしょうね。お幸せになってくださいね」

「…………」

それはどうだろう。

アリシュは現実に現れた理想の王子を思い浮かべながら、その言動に動揺してしまったことを思い出し、笑顔が固まってしまう。

外見は、そっくりなのだけど。

口を開くと、何かずれを感じる。本にも姫と騎士が寄り添う場面があったものの、あんなに近いとは書いていなかった。

アリシュに叩きこまれた、王族としてのあり方をすべて覆すような存在。それをどう受け止めるべきか。さっきまで考えていたことを思い出した。

「……もう寝るわ」

「はい、お休みなさいませ」

考えても仕方がない。明日にしよう、と振り切ってアリシュは布団を引き上げ寝る体勢に入ると、リュンも心得て頭を下げながら部屋を出て行く。

それを見届けて、傍においてある本に手を伸ばした。寝る前に、この本を読んでしまうのはアリシュの癖だ。これを読むと、その日にあった嫌なことも煩わしいことも忘れて、落ち着いた眠りが訪れる。アリシュは今日も絵本の世界で自由になろうと燭台《しょくだい》の灯りの下でページを捲《めく》ると、その灯がゆらりと揺れた。

本に影が落ちた気がした。

窓が開いているのかと、ふと顔を上げて、そして悲鳴を上げなかった自分に驚いた。

「姫さま」

そこにイヴェルが立っていたからだ。

まるでずっとそこにいたかのように、まったく違和感なくその場に溶け込んでいるが、リュンが退出してからアリシュはひとりきりだったはずだ。いったいどこから入ってきたのか。まるで幻が、いやこの本の中から飛び出してきたのかと思うほど突然に、美しい王子がそこにいてアリシュの全身が震えた。

アリシュは冷静に、必死に頭を働かせて、震えそうな唇を開く。

「イヴェル……王子、どう、して、ここへ」

「姫さまに会いたかったから」

そうではない。

そんな理由など聞いていないと、アリシュは本を閉じて脇へ置き、身体を起こす。

「どうやって、です。外には侍女と護衛が――」

「うん。窓は開いていたよ」

「窓？」

ここは二階で、外からの侵入者は地上にいる警備兵によって捕らえられるはずだ。そもそも、本当に窓から誰かが入ってくるなど、想定もしていない。

「イヴェル王子――」

「イヴェルだよ姫さま。僕は姫さまのものなんだから、敬称はいらない」

「……………」

そんな願いに、アリシュが答えられるはずがない。

けれどアリシュが黙り込んでいる間に、イヴェルは寝台に近づき、何も言わないままそこへ腰を下ろした。ますます顔が近づく。

「姫さま、名前で呼んで」

「イヴェル王子……」

「イヴェル」

その褐色の手が、まっすぐアリシュに伸びる。顎《あご》を取られ、ざらりとした感触がアリシュを震わせた。

「イヴェル」

発音を教えるように、弧を描いた彼の唇が名前を呼ぶように強要する。その指先が唇に触れて、それ以外の言葉を阻むように撫でた。

「イ……ヴェル」

「そうだよ姫さま」

「イヴェル」

にこりと、正解した子供を褒めるように微笑まれて、アリシュはとうとう心臓が止まってしまうかもしれないと思った。

　この指先に触れられるのを想像しただけで混乱するのに、本当に目の前で微笑まれては、動揺するなというほうが難しい。

　それでもアリシュは、今まで培《つちか》ってきた女王としての自制心を総動員して、揺れそうになる目をしっかりイヴェルに向けた。

「それで……それで、貴方は、どうしてここへ」

「姫さまに会いたかったからだよ」

　それは聞いたけど。

　聞きたい理由はそれではない。ここにイヴェルがいることは、隣に控えている侍女や護衛も知らないことだろう。人目を憚《はばか》り現れたイヴェルの狙いが解らなくて、アリシュは苦しくなる。

　女王となったアリシュへの邪《よこしま》な誘惑かと不安が過《よぎ》り、混乱と残念な気持ちが湧き上がった。

　アリシュはデュロンを建国した女王の再来と呼ばれるほど美しいと言われている。しかしまだ若い。だからこそ手玉にとって国を自由にしようと試みた者や、手折って自分のものにしようとした者がいなかったわけではない。彼らには先に嫌悪感を抱いたし、ほとんどはアリシュと接触する前に周囲が遠ざけた。

　しかし、イヴェルが彼らと同じだと思いたくなかった。

イヴェルもなのだろうかと考えただけで、アリシュの心は別の理由で苦しくなるのだ。

しかしイヴェルの答えは、アリシュの想像など及ばないようなまったく違うところに落とされたのだった。

「姫さまになでなでしてもらってなかったから」

「――は？」

「ねぇ姫さま」

「あ、ちょっと!?」

アリシュが一瞬驚いた隙に、イヴェルはアリシュの隣に転がり枕に頭を乗せた。

そしてアリシュを見上げる。

「僕を可愛がってよ」

息を呑んだ。

自分が息を呑む音が、はっきり聞こえたほどだ。

アリシュは何を言われたのか理解出来ず、しかし心の奥では何かが歓喜の歌を唄《うた》っている気がする。

「ペットを可愛がるのはご主人様の仕事でしょう？」

「ペ……ッ」

その言葉は、アリシュの聞き間違いだろうと思っていたのに。

あの求婚の際のイヴェルの言葉は、誰も言及《げんきゅう》しなかったので空耳かと思っていたのだ。

しかし、夢にまで見た美しい顔を間近にし、その唇で、声で、そんな言葉を紡がれてアリシュが揺れないはずがない。

「触りたくない？」

触りたい。

アリシュは自分心の奥深くに抑えていたはずの欲望が、簡単に溢れ出していることに気づいた。

その褐色の肌に、金色の髪に、指を触れさせて確かめたい。

その欲求を簡単に相手に知られて、そして教えられ、アリシュは困惑した。しかし目の前に欲しいものをぶら下げられて、さらにそれを止めるものはここにはいない。いかなるときも女王であれと、アリシュに理性を植え付ける他の者は誰もいないのだ。

ふたりきりの寝室で、寝台の上に転がり、アリシュを求めるアリシュのペット。

それを拒めるほど、アリシュは理性的ではなかったし、強い精神を持ってもいなかった。むしろ、こんなに簡単に落ちてしまえるほど、弱い心を必死で隠す強がりな自分しかいないのだ。

「いいんだよ。好きにして」

「――ッ」

もう一度息を呑み、今度は口を開いて息を吸い込むが、うまく呼吸など出来ない。

震える手は、止めねばと思うより前に勝手に伸びて、目の前にある金色の、流れる髪へと触れた。

想像より、柔らかだった。一度触れると、誘惑が強く止めることなど出来ない。

「もっと」

強請《ねだ》られて、アリシュは大きく髪を撫でた。指に絡まる金糸は、本当に美しい。髪を梳くように、指を絡めて後ろに流してやると、気持ちよさそうにイヴェルが微笑む。その顔は、アリシュを簡単に魅了して自制心を失わせ、狂わせてしまうものだ。

「触って」

どこへ、などとは言われていないのに、アリシュは髪に絡めていた手をそっとその頬に触れさせてみた。

少しアリシュより硬い気がする。それでも、色が違うだけで同じものだ。寝台に転がり、横に向かい合ったままの格好で、両手を伸ばし顔を包んで確かめる。

頬から目尻に、その鼻に、そして唇に、指で何度も確かめる。

イヴェルはアリシュに触れられることがとても嬉しい、気持ちいいというように目を細めてされるがままになっている。

イヴェルの唇は熱く、一度これが自分の指に触れたとき、まるで痺れたようになったのを思い出し、あのとき何が起こったのかを確かめたいと何度もそこに触れた。

そうするとイヴェルの唇が開いて、アリシュの指を軽く食《は》んだ。

「……ッ」

また息を呑んだものの、アリシュが手を引き抜くことはなかった。

それどころか、もっと奥に誘われているように感じ、アリシュの指は逆らうことなく口の中へ含まれていく。その中は未知な部分で、アリシュの想像を超える。その場所で、アリシュはもっと温かなものに触れた。

イヴェルが、ゆっくりと指を舐めたのだ。

「あまい」

「……イ、イヴェル、」

「あまいねぇ姫さま」

甘いなんて、人に対する言葉ではない。

人は食べ物ではないはずだ。味なんてしない。なのに、イヴェルにそう言われると、アリシュは自分が砂糖菓子にでもなった気がした。そして、彼も同じかもしれないと思い始める。

その邪な気持ちが顔に出ていたのかもしれない。

イヴェルの目が嬉しそうに煌めき、彼はアリシュの指を大胆に舐めてから、口を開けた。

「舐めていいんだよ」

「なに……を」

掠れた声で問い返すが、戸惑いながらも否定していない自分に気づいていた。

「舐めて姫さま」

いけない。

イヴェルは、女王としてのアリシュを壊してしまう存在だ。

この世にこんなに怖いものがあるのだと、アリシュは知らなかった。これまでアリシュに近づく存在は、アリシュが拒めばそれまでだった。それで終わるはずだった。

なのにイヴェルは存在がすでにアリシュを駄目にする。

笑顔ひとつで、言葉ひとつで、アリシュを狂わせてしまう。

これは麻薬だ。

そんなものに手を出してはいけないと、理性的な自分がちゃんと警告しているのに、アリシュは同時に抗えないことも知っていて、そしてどこか喜びを覚えるように心が彼に傾いてしまうのだ。

甘い蜜に誘われるように、アリシュは指で触れていたイヴェルの唇に顔を寄せて、指の代わりに小さく舌を伸ばす。

唇ではなく、舌でそこに触れた。

子犬が舐めるより小さく、ぺろりと舐めただけなのに、舌が痺れていた。甘いなんてものではない。本当に、どうしようもない甘美な味がした。

「もっと」

自分の、誰より美しいペットに強請られて、拒める者などいるはずがないと、アリシュは青く美しい目を見ながら大きく口を開けてその唇を食べた。

初めて人と口付けを交わすのに、アリシュはイヴェルと唇を合わせるより食んだ。

「ん……ッ」

漏れるような息は自分のもので、呼吸すら惜しいとそれを止めて大人しいイヴェルの唇を何度も食べる。

「……姫さま」

「ん、んぁ」

甘い。本当に、人が甘いなんて思っていなかった。まるで蜜のように甘く、幻でないことを確かめるようにイヴェルの開いた唇から舌を入れて探った。

「んん……」

くちゅ、と音がしたのはどちらの中からか。けれどそんなことはどうでもよくなって、アリシュはイヴェルに圧《の》し掛かるようにして上から唇を奪う。逃げることはないと知っていても、イヴェルの頬を両手で包み、夢中になってその唇を舐め、食べた。

イヴェルの手が、アリシュの身体を支えて自分から落ちないようにと背中に回っていることに気づいたのはだいぶ時間が経ってからだ。

その頃にはアリシュは自分の舌で濡らしたイヴェルの唇が、熟れたように赤くなっていることにも気づいた。はっとしたのは理性が一気に戻ったからだ。

私は、何を——

慌てて身体を起こそうとするが、背中に回されたイヴェルの腕は解けない。

「イ、イヴェル、あの」

「姫さまは僕のでしょう」

戸惑いすぎて言葉が見つからない。きっと今までで一番顔が赤いに違いないと狼狽えているのに、イヴェルはこれまでと何も変わらずにこりと笑う。間近で笑われると、アリシュはまた魅入られたように動けなくなり、背中を押す手に負けてイヴェルの胸元に顔を乗せてしまった。

　イヴェルの心音が直に伝わってきて、アリシュは自分の鼓動と違うことにまた狼狽える。

「姫さま」

　耳に届く声は、まさに極上だ。

　アリシュは彼の声を聞くだけで全身が震えるように痺れた。だというのに、身体の奥から発せられた熱で火照っている気もする。さっきまで顔を撫でまわしていた手が居た堪れなくなって、柔らかなイヴェルの服を握り締めて顔を伏せる。

　イヴェルの望むように、アリシュが抱きつく体勢になってしまって、そこでアリシュは自分の格好を思い出した。

　薄絹《うすぎぬ》だけを身に着けて、身体の形も解るだろうに、あろうことかそれを押し付けてしまっているのだ。けれど力をこめてイヴェルの上から引こうとしても、イヴェルの大きな手はそれを許さなかった。

「僕も、姫さまのだよ」

何度となく繰り返されたその言葉。アリシュはここにきてようやく意味を理解した気がした。
大きな腕に抱かれて、その心音に直に触れ、体温を分けあうようにじっとする。
それは密かに、アリシュが求めていたものだった。
幼い頃、大好きな両親を亡くしてから、誰からもされたことのない抱擁だった。愛情が
なかったとは言わないが、厳しい祖父王は決して他の子たちのようにアリシュを扱わな
かったし、こんな接触もない。
「ずっと傍にいるんだ。絶対離れないからね」
問いかけではない。断言された言葉は、アリシュの都合など関係ないようにも聞こえる。
それなのに、アリシュはその言葉が心に響いていた。
こんな言葉が、こんなものが、欲しかったなんて。アリシュは自分の本当に欲していた
ものをこんな形で教えられ、瞼を開けていられなくなるほど目頭が熱くなった。
でもその理由をあまり考えたくなくて、強く目を閉じてイヴェルの肩へ顔を押し付ける。
「姫さま、好きだよ」
「…………ッ」
さらに駄目押しするような告白に、アリシュは自分の心の弱い部分をもっと締めつけら
れた気がした。それでも答える言葉が見つからず、アリシュはますます強くイヴェルに身
「……イヴェ、ル」

体を寄せる。

背中に回ったイヴェルの手も解けることはない。

もっと、と言ったイヴェルは正しい。アリシュも同じ言葉を口にしたかった。

もっと、イヴェルが欲しい。もっと、強く抱いて欲しい。もっと、甘い言葉が欲しい。甘やかして。

アリシュは初めて自分の気持ちを素直に受け止めて、しかしそれを言葉にする前に力強い腕の中で意識がゆっくりと薄れていった。

＊＊＊

「この状況で寝ちゃうのか……」

苦笑するような声を上げても、もうアリシュは目を覚まさない。

腕に抱いた身体は自分のために誂《あつら》えたような形をしている。重ねてみてよく解る。ぴったりとくっついて、間にある薄い衣服すら邪魔に思った。

イヴェルは上にのせたアリシュの重さを心地良く感じながらも、身体を入れ替えてゆっくりと寝台に転がした。白い敷布に広がる真っ黒な髪は、アリシュの白さを際立たせる。

昼間の女王の衣装ではない。薄絹一枚のアリシュの姿は、休むには心地良さそうだが女らしい形をはっきりと見せつけている。

正装のときも感じたが、アリシュの身体は、やはり細かった。それでも女らしい曲線を描く身体は、イヴェルの欲望を強く動かすに充分なものだ。

胸は大きくは膨らんでいない。イヴェルの手に簡単に収まってしまうだろう。しかし細い腰から太ももにかけての丸みは、何度も辿ってしまうほど柔らかく丸い。腕もイヴェルの手が簡単に回ってしまうほど細いのに、二の腕の柔らかさは、思わず強く歯を立てたくなるくらいだった。

いや、アリシュの身体には、すべて舌を這わせて、咬《か》みついてみたい。イヴェルは薄暗い燭台の光の下で、無防備に眠っているアリシュの姿を満足するまで眺めた。

伏せられた目元は少し赤い。涙を堪えていたのを、イヴェルは気づいていた。こんなものがアリシュの欲しかったものなのだと、簡単にイヴェルに教えてしまっている。

「危ないな、姫さま」

そもそも、女王の寝室へ突然現れた侵入者を見て、叫びもせず助けも呼ばす、抗わなかったことがまずおかしい。

その時点で、アリシュはイヴェルに落ちていると認めてしまっているも同然だ。

寝台の隣の机には、イヴェルの贈った手鏡が大事そうに置かれたままだった。寝室の、眠るすぐ傍まで持ってきているとは、アリシュにとってとても大切なものになったようだ。

それを見てイヴェルは目を細める。微笑んだようだが、笑っているわけではない。

「こんなのでよかったのかな？」

イヴェルは正直、ものに執着がない。何かを大切に持っているということがない。

旅立つときに母親から渡された手鏡は、「捨ててはいけない」と約束させられていたから持っていたにすぎない。

アリシュが望むなら、どんなものでも――それこそ国だって手に入れてあげる。

イヴェルはそう思ったからこそ、小さな手鏡ひとつを大切にしているアリシュに首を傾げたのだ。

しかしそんな無機質なものより、今はもっと大事なものがあるとイヴェルは視線を移す。

緩く上下する胸元を見ながら、それに触れないという選択肢はなかった。

「きーもちいい」

誰に止められることもない。想像していたままの胸に、躊躇うことなく触れ、ゆっくりと揉《も》んでみる。意識はなくとも自然とつんとなる先端が薄絹を押し上げ、それに視線を奪われ目を細める。弧を描いた唇は、迷わずそこへ吸い寄せられた。

布の上から軽く吸って、その形を唇で楽しみ、腰帯を解いてあっさりとアリシュの素肌を晒した。

全身が、染みひとつない美しい肌をしているのは薄暗くても解る。眠るときは薄絹一枚だということを、イヴェルは知っていた。アリシュを隠すものはもう何もない。髪と同じ色をした陰毛は、慎ましくそこにあるだけで、さらにアリシュの大事な場所を強調しているようだった。

イヴェルはアリシュの身体から布のすべてを剝ぎ取り、人形のようにされるままになっている身体をもう一度抱きしめた。

「これは僕の。何度でも言ってあげる。どこにも逃げられないからね」

夢の中に声が届いて、イヴェルでいっぱいになればいいとその耳に囁いた。

抱きしめたアリシュに強く腰を押し付けても何の反応もないことが少しつまらないが、イヴェルはこの際腕の中の肢体を充分楽しむつもりだ。

柔らかなすべてに手を這わせて、欲望どおりに舌を這わせる。

アリシュのことを甘いと言ったのは嘘ではない。この白い身体は、どこを舐めても甘いと感じた。腰の上で思わず歯を立ててしまったが、アリシュは何の反応も示さなかった。

胸のすぐ下や、太ももの内側、恥骨《ちこつ》の上などに痕がつくほど吸い付いて、簡単に色が変わることを確かめた。

アリシュの身体で知らない場所はないように、全身を確かめてから長い髪を手で梳いて眠ったままの顔を見つめる。

「風邪を引いちゃうと困るから、今日はこのくらいにしとこうかな」

裸のままのアリシュに布団をかけてやってから、小さな頭を何度も撫でて、赤く色付いた唇に初めて自分から触れた。

啄《ついば》むように唇を落とし、イヴェルは思わず微笑む。アリシュとの激しいキスを思い出したのだ。

「でも、もっと深いものを教えてあげるよ」

キスは咬みつくだけではない。舐めるだけでもない。

唇だけで、濡れてしまうほどにしてあげよう。

イヴェルはここにアハルがいたらまた注意されそうな顔になっているなと思いながら、名残《なごり》惜しそうに何度もキスを落として、ようやく寝台から起き上がる。

そして、ここへ入ってきたときと同じように窓から音もなくするりと身体を滑らせて、闇夜に紛れていった。

与えられた客室へ戻ったときには、アハルも丁度帰ってきていた。

満足げな表情で戻った主人に、アハルは呆れ顔を隠すことも諦めているようだ。イヴェルがどこへ行ったのか、アハルは知っている。けれど見つかる心配はしていない。

イヴェルは気配を失くしてしまう特技を持っているからだ。肌は闇に紛れるが、軽装の服は生成りで目立つ。なによりも、イヴェルの金の髪は闇夜でも光るほどだが、どこでも誰にも気づかれることなく潜んでいられた。

女王の警備は厳しいな、と感じてはいたが、それだけだ。彼らの目を掻い潜り、見事にアリシュの部屋まで行って帰ることが出来たのだから。

「夜這いをされるために、その技術を磨《みが》かれたのですか」

疑問でもない。呆れた様子のアハルの言葉にイヴェルは目を細めた。

身を守るために必要なことはすべて身に着けたが、これが一番使い道があるのだ。イヴェルは否定も肯定もしないまま、アハルが用意したお茶に手を伸ばし寝椅子で寛いだ。

「それで、何か解ったか」

「ええ。一通りは」

イヴェルがアリシュの傍でその身体を堪能《たんのう》している間に、アハルはこの城で情報を集めてくれていた。

伝手《つて》のまるでない異国だと言うのに、アハルの情報収集能力はすごいものだ。

「エラ様とおっしゃいますオグム家のご令嬢でした」

「ん？」

誰だったかと、イヴェルが首を傾げたところで、アハルはその反応を予想していたように続ける。

「イヴェル様にご結婚をと唆《けしか》けられた、市井《しせい》の宿までいらっしゃったお嬢様です。オグム家は指折りの華族。エラ様のお母上は亡くなられた前王、アリシュ女王の父上の妹君です。オグム家は内務省で力ある家柄ですね。家長はエラ様の祖父、ソロ様。エラ様のご両親はアリシュ様のご両親と同じ事故で亡くなられたようです」

「事故はそんなにひどかったのか」

「避暑地へ向かう途中で、がけ崩れが原因だったようです。先に避暑地に向かわれたアリシュ様、旅行に向かわれなかったエラ様がご無事だったということです」

「……ん。そうすると、あの女は姫さまの従姉妹？」

「そうなります。現在、アリシュ様がいなくなった場合、王位継承権第一位になります」

「へぇ」

「アリシュ様の祖父であるベシク王に子供はおふたり。そのどちらもがすでに亡くなられております。そのほかの王族の縁戚は遠くなってしまいますので、エラ様がアリシュ様の控えとしてご一緒に教育も受けられたのだとか」

その情勢は確かに、アリシュを女王の座から引きずりおろそうとするに充分なものだった。

「もう少し詳しくお調べいたします」

「そうだな。そのほうが……」

楽しそうだ。

イヴェルの声に出さなかった言葉は、確かにアハルに届いただろう。

しかし付き合いの長い従者はそれを問いただすことはなく、ただ頭を下げただけだった。

# 4章

目を覚ますと、アリシュは身体がいつもより軽く感じ、眉を顰めた。

布団の中でくるりと身体を丸めてみて、いつもと肌触りが違うと気づき、目を開けると寝台の傍で控えるリュンが驚いた顔になっている。

朝になればいつも起こしてくれる侍女の様子に、いったい何があったのかと身体を起こし、その理由を知った。

アリシュは何も身に着けていなかったのだ。

「……」

「……」

リュンの驚いた顔に、アリシュは自分が何故このようなことになっているのか一瞬思い出せず、しかし良いことではないと硬直した身体で口だけを動かした。

「……暑かったから脱いだのよ」

「……左様ですか。おっしゃっていただければ薄い掛け布団をご用意いたしましたのに」

「いいのよ。誰かを呼ぶのも面倒だったし……服を用意してくれる？」

「畏《かしこ》まりました」

棒読みになってしまったが、とりあえず誤魔化せたと一息ついてアリシュはこの異常な状況を振り返る。自分の身体をこんな明るいうちから眺めてなどいられない。布団に身体を隠し、あたりを見回し、何が起こったのか理由を探す。

そして寝台の隅に、自分の寝着が畳んで置いてあるのに気づいた。リュンも気づいていたに違いない。

アリシュはわざわざ何らかの理由で寝着を脱ぎ、畳んで眠ったことになる。

絶対おかしい！

アリシュは必死でいつもと違う朝の原因を思い出そうと頭を抱えた。

何があったの――考えて、昨日の夜に会った相手を思い出す。誰もいなくなった寝室に、いきなり現れた男だ。

結婚をすると決めたけれど、まだ結婚したわけではない。夜更《よふ》けにアリシュの部屋にひとりで通されるはずがない。なのに、確かにそこにいた。

その確実さはアリシュの身体が覚えている。震える手で唇に触れると、まだ熱を持っているようだった。初めて触れた異性の肌。柔らかな髪。アリシュを魅了してやまない笑顔と、はしたない口付け。

あれを口付けと言うのなら——アリシュは褐色の肌を思い出し、自分の顔が異様なほど赤くなっているに違いないと、布団に埋めた。

夢だと思いたかった。あんなことをするなんて、自分ではない。ありえない。何もかもを否定しながら、しかし一度味わってしまった甘い蜜の味を、忘れられるはずがないことは誰よりもアリシュ自身が知っていた。

夢じゃない、イヴェルの身体。その腕に抱かれて泣きそうになった。そしてそこからの記憶がない。おそらく、抱きしめられた後で眠ってしまったのだろう。

「……え？」

そうすると、アリシュの寝着を脱がしたのはイヴェルということになる。そして丁寧に畳んで脇へ置き、裸のアリシュをそのまま寝台に寝かせていったのだ。

「………？」

意味が解らない！

アリシュは恥ずかしさと怒りと、逃げ道を見つけられない動揺とで混乱しながらも、時間が戻らないだろうかと必死で願った。

確かなのは、この状況は女王として看過出来ないものということだ。

リュンが服の用意をしてくれている間、アリシュは女王としての冷静さを思い出すことに必死になっていた。

はりアハルひとりだけだ。

「姫さまおはよう」

その日の昼前になって、アリシュの執務室へ入って来たのはイヴェルである。従者はや
はりアハルひとりだけだ。

アリシュは、いつもどおりの、曇ったところがひとつもない彼の表情に眉根を寄せた。常ににこやかでいるようにと教えられたアリシュには珍しいことだが、初めてとも言える複雑な感情を持て余し、その原因ともなったイヴェルに笑みなど向けていられない。

どれほど平常心を保てるかと試されているかのような朝、いつもの女王の衣装に着替え、朝食を軽くとり朝議に向かった。そのときはすでに自分を取り戻して冷静でいられたが、気を抜くとすぐに頭は違うことを考えてしまう。

アリシュは必死に仕事へ意識を向け、一刻ほどの朝議を乗り切り、書類へ目を通しているところでようやく身体の中の動揺が収まりかけていた。

けれど気持ちが落ち着いたはずなのに、イヴェルを見ただけで怒りを思い出したのだ。いったいイヴェルは何を思って突然部屋に現れたのか。さらに彼はアリシュをうまく誘惑して乱し、それだけでは飽き足らず意識のないアリシュを裸で放置したのだ。

この怒りは正当なものであり、この気持ちを抑えるには相当の理性か、相手からの謝罪が必要だと思われた。

だというのに、イヴェルは、昨夜ふたりの間には何事もなかったかのように変わらない

笑みを見せるから、アリシュは顔を顰めたのだ。

「姫さま、朝ご飯は一緒に食べると思ってたんだよ？」

アリシュはここで流されてはならないと、強い目でイヴェルを見上げた。

「朝食はとうに終えましたので」

「ひとりで食べるなんて寂しいよ……」

イヴェルは誰かの制止が入る前に、あっという間にアリシュの傍に近づき、女王の椅子のひじ掛けへ身体を傾けてアリシュの手を取った。その流れるような動作は、本当に見事としか言いようがなく、アリシュの護衛であるはずのダルファンが一歩動く前に終えてしまっていた。

「き、貴様！　女王陛下から離れろ！」

「明日は一緒に食べようね。ううん、これからご飯はずっと一緒に食べようね」

「……イヴェルと私は、食事の時間も行動内容も違います。一緒には難しいと思いますが」

「大丈夫。僕が姫さまに合わせるから」

問題なしと、にこりと笑うイヴェルは、険悪な表情で肩をいからせるダルファンのことなど目に入っていないようだ。一国の王子に対して非常に無礼な物言いをしているのに、イヴェルはまったく相手にしていない。わざわざダルファンの言動を取り上げるほうが問題になりそうで、執務室の誰も彼らの間に割って入ることは出来ず、突然の訪問者のことは静観するしかないようだった。

そもそも、イヴェルはどこにいても目立つ。間近でその姿を見るのが初めての官吏たちは、老若男女を問わず驚きと羨望の目でイヴェルを見ている。

特に若い侍女たちの視線は強かった。そして一瞬たりともイヴェルから離れない。アリシュはそのことが気になって、傍に控えていたセチャンが、アリシュがイヴェルを呼び捨てにしたことにまなじりを上げたのには気づかなかった。

「ね、姫さま」

当のイヴェルの視線は、この部屋に入ってからずっとアリシュから離れない。そればかりかアリシュの手を自分の手に重ね、掬《すく》い上げて昨日と同じようにその唇に触れさせようとしていた。

アリシュはそこではっと気づいて、慌てて自分の手を引き戻す。

まだ二日。イヴェルが現れて、まだ二日目なのだ。それなのに、アリシュも周囲もイヴェルに振り回され混乱している。

特にアリシュの心の中は、平穏からは程遠い。爆発しそうな怒りを抱えたまま、強い視線をイヴェルに向けた。しかし、怒りのおおもとの出来事をそのままここで言えるはずもない。

どうして裸にしたの。どうしてそのまま いなくなったの。

問い詰めたいが、他にたくさんの人間がいるこの場所で聞ける内容ではないのだ。イヴェルもきっとそれを解ってやっているに違いない。アリシュはさらに怒りを覚え、ひじ掛けの上の手をぎゅっと握った。

　室内のすべての視線を受け止め、アリシュからは憎しみにも似た視線を向けられながらも、イヴェルは口元の笑みを絶やさず、出会ったときからまったく変わらない美しい顔を見せびらかしている。

　するとふと、その顔が何かに気づいたようにアリシュの机に向き、先ほど淹れられたばかりのお茶の器で止まった。

　飲みたいの？

　それまでは、すべての人を弄《もてあそ》んでいるような顔をしていたのに、何故か今は目が細められ、口元も引き結ばれている。

　初めて見る真面目な表情に、アリシュは怒りを忘れて魅入ってしまうが、すぐにイヴェルはいつもの笑みに戻り、アリシュを振り返った。

「このお茶、飲んだ？」

「……いいえ。まだですが」

　飲みたいのなら、とアリシュが勧める前に、イヴェルは器を手に取ると鼻先へ近づけ、何かを確認したあと机に戻した。

「これを淹れたのは誰？」

　イヴェルの言葉に、思わず全員の視線がそれを用意した侍女へと向けられた。

「え……っ」

問われるような目を一斉に向けられた侍女は、まだ若くこの城へ入ったばかりの者だったはずだ。アリシュはいったい何事だろうと、目の前のやり取りを呆気に取られて見ているしかない。

イヴェルはその器を示し、侍女へ顔を向けると目を細めた。

「そのお茶を飲んでくれる？」

「え……っ」

侍女はイヴェルの笑顔に顔を赤らめながらも、お茶と彼を見比べ、しばらく考えた後で首を横へ振る。女王のために淹れられたお茶だ。侍女が手を出せるはずがないのに、いったい何を言い出すのかとその場の全員が見守る中、イヴェルはにこりと微笑み、もう一度言った。

「どうぞ飲んで。姫さまには僕が新しいものを淹れるから」

「……ッ」

無理ですと必死に頭を振る侍女の顔は徐々に蒼白になってゆき、大きく見開いた目には涙まで浮かんでいた。そこへ助け舟を出すように割って入ったのは、アリシュの護衛であるダルファンだった。イヴェルのすることを何もかも許していない護衛だ。

「か弱い侍女に無理強いするなど、何を考えている!?　そもそも、女王陛下へのものを侍女が手に出来るはずがない！　ましてや、まだ身元も知れぬ貴様からのものを女王陛下へ差し出せるわけもない！」

　イヴェルの身分の不確かさは彼がこの部屋に入ってくる前、朝議の場でも持ちあがった話題でもあった。

　朝議とは、この国をまとめる重鎮たち、古く続く華族の家長、彼らと女王が毎日顔を合わせ、この国や国民を正しく導いていけるよう話し合う場でもあるのだが、この日は当然ながら女王の突然の結婚についてアリシュ以外が盛り上がっていた。

　賛成もあれば反対もあった。賛成派の意見は、サリークの王子というイヴェルの身分は申し分ないものである、というもので、反対派の意見は、まだ彼の身元が不確かであるからサリークからの返答を待ってまた議論を、というものだ。賛成派の勢力を率いているのは、オグム家の家長だ。アリシュの次に王位に近い従妹のエラの祖父でもある。彼はこれまでずっとアリシュの結婚には興味がなさそうだったのに、ここにきていささか強引にも思えるほど推し進めるのが不思議でもあった。

　イヴェルの身分を証明するものは、今は本人の言葉と、偽造不能な紋章しかない。彼の身元をサリークに確認しようにも、かの国はあまりに遠い。使者が行って帰るだけで結婚式の日の二週間後など過ぎてしまうだろう。

　もしイヴェルが偽物の王子だった場合、デュロンの女王としての立場がないからと反対する者が多いのだ。

　イヴェルが偽称していて騙されていたとしたら、アリシュは女王としての地位を失うほどの誹《そし》りを受けるかもしれない。相手を見抜く力がないと判断されれば、国を導く能力も怪しいと見下され、ようやく辿り着いた女王の椅子から落とされるかもしれない。

彼の身分についての不安は、確かにアリシュにもあった。

しかしそのアリシュの不安を押しのけ、後押しをし、賛成派に回ったのは意外にも宰相であるセチャンだった。最初こそ反対の様相を見せていたものの、その後一晩で何を考えたのか、セチャンはイヴェルの素性は引き続き確認していくが、結婚式は滞りなく行う予定で準備を進めると言い切った。

朝議に参加した重鎮たちは、信頼のおけるセチャンの言葉にしぶしぶながらも同意し、どうにかイヴェルはアリシュと結婚出来ることになったのだが、ダルファンはその相手を真っ向から否定している。

ダルファンは護衛として、兵士として、一目置かれる人物ではあるが、少々、アリシュのことを心配しすぎるきらいがあり、こうして暴走しがちだ。

イヴェルが怒ったら、どうするの……。

アリシュはダルファンの暴言に、イヴェルの後ろにあるサリークという大国の反応を心配した。同時に、イヴェル本人の感情も気になっていた。

部下のひとりも躾けられないなんてと、イヴェルに失望されたらどうしたらいいのだろう。もしもあの笑顔が向けられなくなってしまったら、二度と立ち直れなくなってしまう気がした。

女王としてあるまじき個人の感情にも振り回され、アリシュはさらに動揺する。

だがアリシュの心配事などまったくの杞憂《きゆう》だと言うように、イヴェルは相変わらず微笑んでいて、そのままの顔をダルファンに向けた。

「じゃあ、君が飲む？」

「馬鹿な――」

「お待ちくださいイヴェル王子」

もう一度ダルファンが撥ね退けようとしたところで、セチャンが口を挟んだ。

アリシュの傍に控えてずっと静観しているようだったが、何か考えていたようだ。アリシュが見上げると、鋭い目でじっとイヴェルの示す器を見つめている。

「それは、飲めないものが入っているのですね？」

瞬間、執務室に衝撃が走った。全員がその意味を理解して狼狽える。ただ、イヴェルだけは悠然と構え、少し肩を竦めただけだった。

「飲みたい人がいるなら飲んでみたらどうかな。でも、姫さまは駄目」

「その女を捕らえよ！」

意味を理解したダルファンは、すぐさま入り口付近で控えていた兵士に、お茶を淹れた侍女を捕まえるよう指示を飛ばす。侍女はすぐに拘束されたものの、何が起こったのか理解していないようだった。しかし自分に向けられる目が女王暗殺未遂の容疑者を見るものだと気づいて、真っ青になりくずおれそうになっている。

「牢へ連れて行け！　女王陛下に害をなそうなどと、許されることではない！」

その声は、その場で処断してしまってもおかしくないほど厳しいもので、若い侍女は紙のように白くなった顔で、何かを言いたげに唇を開くが、声も出せず震えているしかない様子だった。

アリシュはその姿を見て何か違和感を覚えたが、うまく言葉が見つからない。代わりに声を上げたのはイヴェルだ。

「でもその子が毒を飲ませようとしたわけじゃないんじゃないかな」

「何を馬鹿なことを！　現行犯ではないか！　この女が女王陛下にお茶を淹れたことは全員が見ている」

「淹れたのは彼女かもしれないけど、このお茶の葉、誰が用意したの？　君？」

いつもと変わらぬ声音で、まるで今日の天気を訊くように尋ねられて、侍女は虚《うつ》ろな目をゆっくりとイヴェルに向け、意味をあまり理解することもなく小さく首を横に振った。

「姫さまのお茶は、いつもどこにあるの？」

「女王陛下が口にされるものは、何もかも周囲とは別に置かれています」

答えたのは侍女ではなくセチャンだ。

「専用の茶葉が、隣の控えの間の戸棚にいつも用意されてあります」

「戸棚……さっき通ったときに見たけど、施錠《せじょう》されてはなかったよね」

執務室に入るには控えの間を通る。セチャンの言うとおり、そこには他の者へ出すための茶葉もあるが、アリシュに出されるものとは別にされている。

セチャンの説明に、イヴェルは軽く首を傾げ、それからじっとダルファンを見据えた。

ふたりの視線が絡み合っている間に、ようやく頭が回り始めたアリシュは口を開く。

「ダルファン、その侍女に責任を押し付けてはいけません」

「女王陛下？」

自分の仕事を止められて、困惑したような顔を向けるダルファンに、アリシュは女王として毅然《きぜん》とした顔を見せた。

「その者は確かにお茶を淹れてくれたのでしょう。しかし茶葉の管理は、今私が聞いても疎《おろそ》かなもの。それで彼女に罪を押し付けるのは早計《そうけい》というものです」

「しかし、現実には……！」

狼狽えながらも罪をここで明らかにしようとするダルファンを、アリシュは視線で制した。

女王としての視線を向けられて、ダルファンの頭も少し冷えたようだ。顔を引き締め、一歩下がって頭を下げる。アリシュの言葉を理解し、そのとおりにするだろう。

アリシュは自分の意見が通ったことにほっとする。そのとき、視界の隅に映ったイヴェルが真剣な顔をしているように見えた。

視線を向けると、目がはっきりと輝いているのが解る。それは、とても素晴らしい何かを見つけたような目で、いったい何を見たのか聞いてみたくなるほどだ。首を傾げていると、そこへセチャンが加わってくる。

「女王陛下のおっしゃるとおり、我々の警備体制が杜撰《ずさん》だったのかもしれません。まさか女王陛下に危害を加えようとするものが、これほど身近にいるなどとは思ってもおりませんでしたので」

「へぇ……この国の人たちは良い人ばかりなのかな」

暗に呑気《のんき》だと言われた気がして、アリシュは表情を歪めてイヴェルを見上げる。彼はすでにアリシュの傍まで戻ってきており、変わらぬ笑顔で見つめていた。

「姫さま、僕が淹れたお茶を飲む？」

「え……」

もうすでに騒ぎは終わったと言わんばかりのイヴェルの態度に、アリシュは目を瞬かせた。イヴェルにお茶を淹れろなどと言えるはずがない。慌てて首を振ると、椅子へ座るアリシュの足下へイヴェルは膝をついた。今度はイヴェルがアリシュを見上げる格好だ。

「じゃあ頭撫でて。姫さまを守ったんだよ。ご褒美は？」

「……ッ」

アリシュは一瞬戸惑ったものの、差し出された金色の頭を前にして抗うことは出来ない。昨夜の感触はまだ手に残っている。いつまでも触れていたい、滑らかな髪だった。癖のない真っ黒な髪に比べて、金の髪は少し癖づいていて、指に絡めやすかった。

どうぞと膝に乗せられた頭に、アリシュはそっと手を置いた。一度触れてしまえば、今

度は離しがたくなるほど気持ちの良い髪だ。

「ふふ……もっと」

「イヴェル……」

イヴェルの頬が、アリシュの膝へすり寄るように押し付けられる。アリシュは戸惑ったものの、やはりその頭から手を退けることが出来ない。イヴェルの声には魔力があるようだ。アリシュを思うまま操れる強い力を持っていて、従っては駄目だと解っているのに抗えない。

これはアリシュのものだ。それを教えてくれるのは他でもないイヴェルの態度で、その美しい顔と優美な仕草はアリシュの自律神経を刺激し、言われるがままになってしまいそうになる。

しかし次の瞬間、アリシュは現実へ引き戻された。

「女王陛下、一度部屋へお下がりください」

鋭いセチャンの声に、ここがどこだったか、誰がいたのか、何をしていたのかを思い出し、顔がかっと熱くなる。頭を撫でていた手も中途半端に宙に浮いた。

それを面白くない、というように見上げてきたイヴェルと目が合う。その目を見ていると何故か罪悪感が湧き上がり、撫でてあげない自分のほうが悪いような気になってくる。

しかしアリシュは理性を総動員させて、状況を思い出し、冷静になるよう努《つと》めた。

イヴェルの顔を避けて手は膝に揃え、セチャンの提案に不満はないとゆっくり頷く。

「姫さま、じゃあ僕と散歩しようよ」

仕事をしないなら、とにこやかに提案してくるイヴェルに、咎めだてするのはダルファンだ。

「このような事態のあとで女王陛下を外へお連れするなどありえん！」

「そうですね。一度城内を見直し、警備体制を整え直しますので、お部屋で待機をお願いいたします」

ダルファンの意見に同意をしたのはセチャンだが、イヴェルはそんなことは聞いていないかのようにアリシュをひたすら下から見つめている。

「部屋で僕を可愛がってくれるの？」

可愛がる。

アリシュはその様子を頭に想い描き、急に意識がぼうっとなった。

昨夜の寝台でのことを思い出したからだ。頭を撫でて、頬に触れて、想像以上だった大きな身体。それにもっと触れて、撫でて、この美しい唇を味わう。

それはきっと、昨夜より甘美で楽しいものになるだろう。

アリシュはさらにイヴェルに溺《おぼ》れるのだ。

そこまで考えて、アリシュはまた周囲の目を思い出し、はっと正気に返る。そして慌てて首を振った。

部屋に帰っては駄目だ。そう思ってイヴェルのひとつ目の提案を受け入れることにした。

「いいえ……散歩へ、行きましょう。そう、歩いてみるのもいいわね」

その答えに一層嬉しそうに顔を輝かせたイヴェルに対して反対の声を上げたのはアリシュの側近たちである。

「女王陛下！　お待ちください」

「危険です。女王陛下に危害を加えられることなどこれまでなかったこと。事態をお調べいたしますので、それまで女王陛下のお身体の安全を……」

「大丈夫よ。散歩と言っても……まだイヴェルに城内の案内をしていなかったから、庭園へ行くくらい。それ以外へは行きません」

アリシュの言葉に、誰より早く動いたのはイヴェルだ。

喜々としているその頭にはやはり幻の耳があるように思える。もしかして尻尾があったら尻尾も振られているのかも、とアリシュは彼の後ろを覗き込みたくなるが、イヴェルはさっとアリシュの手を取って椅子から立ち上がらせた。

「早く行こう姫さま」

「ちょっと待て！　勝手に――」

引き止めるダルファンの声も無視して、イヴェルはアリシュを急かし、強く手を引いて歩き出す。周囲が呆気に取られている間に、執務室の出入り口まで進み、アハルがそれに従うのに気づいて慌ててダルファンたちも後を追う。

アリシュは、戸惑いながらもついてくる護衛たちを振り返り、確認しながらイヴェルの勢いに引っ張られて行った。

城内には誰でも入れる場所がある。

侍女や官吏でなくても城門をくぐることが出来た。ただし一階部分までである。各階、階段がある場所には兵士が配置され、許可ないものが上階に行けないようになっている。

一般の商人や様々な業種の者が出入りする一階に比べ、二階は官吏の執務室と政務を預かる者たちの部屋があり、整然とした印象がある。二階の一部にはさらに上階があり、街並みを向こうまで見渡せる塔もある。最奥に向かうためには大きな扉を抜け、そこから渡り廊下を通って奥へと進むと、高貴な客人を泊めるための客間があり、ここにイヴェルが滞在している。そこからさらに奥に進んだところが奥宮となっており、アリシュの住居となる。

奥へ行くほどと広がる城の造りになっており、城門内の敷地は広く、ところどころ庭園が設けられている。アリシュが見合いをした場所は、城内で一番広い庭園だった。

アリシュの執務室まで単身入って来ていたイヴェルに、入れない場所は数えるほどしかないだろう。城内をざっと案内し、簡単に各部屋の説明をして庭園への道に出る。

そこは官吏や侍女の数も少なく、周囲の者のほとんどがアリシュの護衛や警備の者たちだけになった。

アリシュはそこでほっと息を吐く。

ゆっくり説明もせずに、ただ何の部屋、こちらの廊下はどこどこへ続きます、と言うだけで通りぬけたのは理由があった。

アリシュは女王として周囲から一目置かれているが、異国の王子はこのデュロンでは異質そのものであり、非常に目立つ。その異質さが目を奪われるほどの美しさを持っているから、誰もが立ち止まり見つめてしまうのだ。

イヴェルを見つめる人々の想いは、アリシュもよく解っているから、思わず早足になってしまった。

街から入ってきている商人や、まだイヴェルを見たことのない官吏や使用人たちも、声を潜め噂しているのはイヴェルのことだろう。きっとすぐ国中に広がるはずだ。

アリシュの伴侶として。

彼はもう他の誰かのものになることはない。そう解っているのに、アリシュは人々の目が煩わしかった。正直に言うと、他の誰にもイヴェルを見せたくなかったのだ。

この人は私のもの。アリシュだけのもの。アリシュのためにそこに居るもの。

自分の本音に、アリシュ自身、嫌気がさしながらも足を止めることは出来なかった。

国のため、国民のために。そう言われて育てられ、自分より他人のことを考えよと教えられてきたのに。事実、二日前までそれが当然だと思っていたのに。イヴェルの存在を目にした途端、その場の状況も考えずその手を取り、他の誰にも見せたくないと傲慢に考えている。

昨夜イヴェルが突然部屋に現れたことには驚いたものの、イヴェルが傍にいたこと自体は、嫌だったわけではない。心の中では、もっとふたりでいたいと願っている。

他の誰にも見せない。アリシュしか会わない。アリシュしか触れない。美しいイヴェルに似合う、豪奢な籠の中に閉じ込めて、その鍵を持つのは自分だけがいい。

「姫さま？」

物思いに耽り黙り込んでしまったアリシュは、すぐ傍から聞こえたイヴェルの声にはっと正気に戻り、状況を確認して狼狽える。

しかし周囲の目を気にして、はたと思い直し、何でもないように笑みを浮かべると声をかけてきたイヴェルを振り向いた。

「ここからが庭園です。向こうが、初めてイヴェルとお会いした場所になります」

とてもじゃないが、こんな妄想をイヴェルや周囲の者に知られるわけにはいかない。こんなあさましい感情を知られたら、アリシュは女王の資格がないと言われてしまうに違いない。従妹であり、同じ祖父王を持つエラのほうが相応しいと言われてしまうかもしれないのだ。

エラは女王になるための勉強を途中でやめてしまったようだが、アリシュの叔母の血を引いているエラも、充分女王となる素質を持っているはずだ。

イヴェルが求婚してきたのは、アリシュが女王だったからかもしれない。ならばイヴェルの傍にいるには、女王であり続けなければならない。

アリシュはそう考えて、自分の愚かな妄想を馬鹿なことだと切り捨てようとした。

「姫さまの隣の部屋に住みたい」

「え……っ」

これから庭園の説明をするのだと心を決めて口を開こうとしたアリシュは、突然のイヴェルの言葉に耳を疑う。

傍に居る護衛たちにも聞こえているはずだ。後ろにいるダルファンからははっきりと殺意にも似た視線が向けられているのが解る。

「さっき、姫さまの部屋の隣は王配の部屋だって言ったよね。じゃあそれは僕の部屋なんじゃないの？　客間から姫さまの部屋は遠いよ」

そうなんだけど！

まだ結婚式もしていない。契約書にイヴェルが署名をしただけで、何も決まってはいないのだ。アリシュとしては隣の部屋にいてくれたほうが嬉しいが、人目のある場所でそれを喜ぶわけにも許すわけにもいかない。

「……結婚をしてからです。そういう決まりですから」

「でももう結婚は決まってるよね。ううん、もう結婚しようよ」

これからすぐに、とにこやかに笑うイヴェルは、軽くアリシュを揺らした。

そこでアリシュは、初めて自分とイヴェルの手が繋がっていることに気づいた。

いったいいつから繋げられていたのか。記憶を辿ってみてもさっぱり思い出せない。もしかして執務室を出たときからずっと繋いでいたのだろうか。早足で説明している間も、アリシュはイヴェルを引っ張っていたのかもしれない。ダルファンの冷たい視線は、イヴェルの突拍子もない言葉のせいというよりもこの手のせいなのかもしれない。

護衛だけでなく、城中の者たちにもこの状態を見せつけてしまっていたはずだ。

アリシュはそのことに気づいて、ここで倒れてしまいたくなった。

「姫さまどうしたの」

ふらりと揺れたのを、すぐにイヴェルが支えてくれる。さらに身体が密着して、アリシュはこの状態はありがたくないと慌てて自分を立てなおす。

「大丈夫です。手を……放していただければ」

「どうして？」

ずっと繋いでいたじゃない、とあっさり教えてくれるイヴェルに、アリシュは走って部屋へ帰りたい衝動に襲われる。もう誰にも会いたくない。これまで女王として恥ずかしくないように、落ち度などないように、必死に頑張ってきたというのに。

女王は他の人とは違う。皆の手本であり、導き手であり、国民の想いを受け止めるものだと何度も教えられてきたのだ。

それなのに結婚するといえども美しい男と手を繋いで城内を練り歩いてしまうなど、今頃どんな噂をされているのかと考えるだけで背筋が冷える。

中には、女王として相応しくない行為だと思う者もいるかもしれない。

しかしそもそも、この先の庭園でイヴェルの求婚を受けたときから、そのような噂はされていたのかもしれないと思い直した。後で考えれば自分でもどうしてだと思うほどおかしい求婚だったのだ。

ペットにして欲しいだなんて。そんなお願いをしてくるほうももちろんだが、受けるほうもどうかしている。

アリシュは不思議そうにしているイヴェルを見て、この顔が悪いのだと、思わず強い視線を向けた。

「姫さま」

睨まれたというのに、イヴェルは嬉しそうな顔をそのまま近づけてきて、唇に音を立てて触れた。

「——ッなにを!?」

「キスしてっていう目だったんじゃないの？」

「違います！」

そんなはずはないと断言するのに、いくら怒ってもイヴェルにはまったく効果はないようだ。

「そう？　でも昨日は……」

「イヴェル！」

アリシュはその続きを聞きたくなかった。いや、誰にも聞かせたくなかった。慌てて彼の口を手で塞ぐ。けれど言葉を奪われても、イヴェルは一度目を瞬かせただけで嬉しそうに笑った。

どうしてそんな顔をするの!?

困っているのは自分だけのようだ。それがまた憎らしくなるのは、今朝の怒りと一緒の流れだ。

しかしそのとき、はっきりとした殺気を隠そうとしない気配が背後から近づいた。

「……ここまで、セチャンにも諭《さと》されて我慢していたが……それも限界」

「ダルファン？」

「貴様！　ここで成敗《せいばい》してくれるッそこになおれ！」

「ダルファン、落ち着いて――」

「落ち着いてなど！　女王陛下のためを思い我慢しておりましたがこのような場所で女王陛下に恥をかかせるなど、サリークの王子といえど許されるものではありません！」

「恥ずかしかったの？」

「イヴェル！」

ダルファンを気にしたせいで疎かになった手が、イヴェルの口をまた自由にする。

剣の柄に手をかけて今にも踏み込んで来そうなダルファンと、それをまったく気にしないイヴェルとに挟まれ、アリシュはどうしてこうなったのかと頭を抱えたくなった。

立場など忘れてこの場に座り込んでしまえたらどんなに楽かと考えたところで、身体が宙に浮いた。

「え、えっ⁉」

「貴様！　手を触れるなと言っているだろう！」

ダルファンに怒鳴られて初めて何が起こったのか理解した。

イヴェルの腕に抱きかかえられているのだ。背の高いイヴェルの頭の上に自分の顔がある。こんな目線でいることは初めてで、驚きのあまり反応出来なくなっていた。

ダルファンが本気で斬りかかってこようとしているが、腕の中にアリシュがいたのでは手を出せないのだろう。代わりに鋭く睨んでいるものの、やはりイヴェルには効果がないようだった。

イヴェルはそのまま庭の奥へ向かって走り出した。突然のことであるうえに、人ひとりを抱えているというのにすごい速さで、アリシュは落ちないように慌ててその首へ腕を回すしかない。

「イ、イヴェル？」

驚いたのはイヴェルの突飛な行動であって、どこに連れて行かれるのか解らないことではなかった。それについての不安がないことにアリシュは自分でも驚いていたが、イヴェルはやはりまるで何も抱えていないような速さで庭を駆け抜け、周囲にいた護衛の間をすり抜けて、休憩するための東屋を見つけるなりそこで止まった。

そこには長椅子が設置されていて、腰板がぐるりと張られ屋根もある。雨風を凌《しの》げる場所だ。その椅子の上に降ろされたアリシュは、すぐに追いついてくる護衛たちを確かめ、イヴェルを見上げる。

「どうしたのですか、いきなり……」

「他の人に見られるの、恥ずかしかったんでしょう？　だから離れたほうがいいと思って」

そのために逃げ出したの⁉

いったいこの王子の思考回路はどうなっているのか、アリシュにはまったく理解出来なかった。

しかしふと気づく。この場所なら、東屋の周囲を見張っていてもらえば近づく者は誰もいないだろう。護衛もしやすいだろうし、少し離れていてもらえれば声も届かない。何かあれば大声で助けを呼べばいいのだ。

そうして納得はしたが、先に説明してほしいとか、移動方法は他になかったのかなど、イヴェルに言いたいことは山ほどある。しかし今はダルファンを落ち着かせるほうが先だ。アリシュは東屋の入り口に立ち、駆けつけてきた護衛たちに手を上げて無事なことを伝えた。

「大丈夫。しばらくここで休みますから、少し離れていてちょうだい」

「しかし！」

「大丈夫よ」

なおも食い下がるダルファンに、アリシュはもう一度言った。

「ここから移動はしないわ。それに、イヴェルにもうこんなことをなさらないようにお話をしたいの」

「……何かあれば、すぐにお声を」

「解ってるわ」

不満を隠しもしない顔だったが、ダルファンはしぶしぶ下がり、他の者に命じて東屋の周辺を見回り、他の警護と一緒に見張りに立った。

それを見届けてアリシュが振り返ると、イヴェルは大人しく長椅子に座り待っていた。ご主人を待つペットのように、じっとしている。

その姿さえ美しく、俗人の手で触れてはならない神聖さがある。欲に塗《まみ》れたアリシュが触れていいはずがないのに、アリシュの手を待っているのだ。

触れてはならないという気持ちと、触れてみたいという葛藤に揺れ、結局アリシュはイヴェルを前にすると、甘い蜜を零す花に近づく蝶《ちょう》のように引き寄せられてしまう。そしてここにはふたりしかいないのだ。イヴェルはそれを狙っていたのだろうか。けれどアリシュが彼に同意して護衛を遠ざけたのは確かだ。

「姫さま」

見上げられると、アリシュはその前に立つなり手を伸ばしてしまう。柔らかな髪に触れ、寄ってくる。

思うまま指を絡めた。撫でられるのが気持ちいいのか、イヴェルは目を細めその手にすり
「もっと」

もっと。

それはなんて甘美な懇願だろう。アリシュはその言葉に逆らうことなど出来ず、髪に指を絡めて顔の側面を辿り、形の良い耳に触れ、頬を包む。アリシュが何をしたいのか、彼は知っている。

それでもここは野外であり、夜でもない。昨夜より理性が働いて誘惑に乗り切れず固まっていると、イヴェルが手を伸ばしアリシュの腰を引き寄せた。

「あ……っ」

誘われるままにくずおれた先は、イヴェルの膝の上だ。落ちないように腕に抱かれる。その安心感はすでに昨日教えられていた。アリシュのこれまでの記憶の中に、誰かの膝の上に座ったという経験はない。両親が亡くなって以来、強請った子供が叶えてもらえるようなことは一切してもらえなかった。

まさか大人になってそれが叶うとはアリシュも予想していなかった。けれど気恥ずかしさより、何故か嬉しさのほうが大きい。突然のことに驚きはしたが、アリシュは素直にそこに収まり、今度は少し見上げる位置にあるイヴェルの顔を見つめて、その頬に触れた。

東屋に巡らされた腰板は意外に高く、長椅子に座ってしまうとアリシュから周りは見え

ない。イヴェルが伸びあがって見れば顔は出るだろうが、彼は顔を下げてアリシュを見ているので、今は見えないだろう。

護衛の目から隠れてしまうことになるのに、イヴェルの腕の中にいるアリシュに罪悪感は少なかった。それより今は欲しくて堪らないものに手を伸ばすことのほうが重要だった。

褐色の肌は滑らかで、しかし少ししっとりとしていて、アリシュの掌に吸い付くようだ。いくら読んでもあの本にそんなことはどこにも書かれていなかった。空想の中の理想の王子が目の前にいる。アリシュはその頬を何度も撫で、髪を指で梳いた。

「姫さま」

「…………」

囁かれると、アリシュはどうしようもなくなってしまう。見上げて手を伸ばし、思わず唇を動かす。なんと言ったのか、自分でも理解出来なかった。しかしイヴェルにはそれが解ったのか、ゆっくり顔を下ろしそこへ正しく重ねた。

「う……」

唸るような声を上げたのはアリシュだ。昨夜のことは夢ではなかった。確かに、同じものを味わった。

イヴェルの唇は指で触れるより柔らかい。開いた唇から舌を差し出すと、すぐに迎え入れてくれる。他人の歯に触れることなど想像もしていなかった。ましてや舌を舐めあうことがあるなんて。

「う、んッ」

口を長く開けていても、乾くことはない。むしろ唾液が溢れてきて、イヴェルに強く吸われた。そのことがまたアリシュの官能を引き出し、舌を深くまで導く。

イヴェルはアリシュのもの。身体を添わせるだけで強くそのことが感じられ、アリシュは自分でも気づかなかった欲望に囚われる。そしてイヴェルは、制止するつもりはないようだ。自らを差し出し、アリシュの思うまま、溢れる欲望を満たすのを手伝ってくれている。

深いキスに夢中になっていると、もっともっとと強請るように、腕がイヴェルの身体に回っているのに気づいた。無意識で首を引き寄せ、広い肩に手を這わせ、彼の胸にしがみついている。

アリシュとは違う、硬くて大きな身体。愛らしいペットと呼ぶには相応しくない身体つきだが、アリシュはこれ以上のものなど知らないしいらない。

イヴェルはアリシュに見せるように自分の服の前を寛がせた。アリシュの国のものとは違うが、簡単に開くものなのだなとアリシュはじっとその手を見つめる。服の上から触っていた身体は、当然ながら顔と同じ色をしていた。触り心地も同じだろうか。

イヴェルは服の留め具を外し、指をかけたところで止まった。そしてアリシュにだけ届くような極上の声で囁く。

「……もっと」

アリシュは自分の喉が音を立てて唾を飲みこんだのをはっきり聞いた。はしたない。それでもどこかおかしくなってしまっているアリシュに、このまま止めるという選択はなかった。

イヴェルが欲しい。イヴェルに触れたい。イヴェルだけに溺れたい。他に愛らしいものがあったとしても欲しくない。これだけは他に見せず、どこかに閉じ込めて自分もそこに入り込み、二度とそこから出たくない。

アリシュの目が少し潤《うる》んだ。

己の欲望を本能が理解し、しかしどこかで理性が女王としての自分を思い出させ、嗤っているのだ。

こんなことをする女王はおかしい。アリシュはおかしい。女性としても、アリシュの欲求は普通とは違うと解っている。

普通の夫婦となれば、身体を重ねることもあるだろう。子供を作るためには必要だ。一緒に暮らすためにはそれ以外のことだって一緒にする。しかしこの身体を、この顔を、他の誰にも見せたくない。他には何もいらない。ただこの身体に溺れていたいと願うなど、自分のあさましさに嫌気がさしてくる。

こんなおかしな女がこの国の女王だなんて、国民はなんて可哀想なのだろう。

アリシュの心が涙を零そうとするが、身体は目の前のものに夢中だ。

その服の中に手を滑らせて、広い肌に手を這わせ大きく息を吸い込む。深く息を吐いて、その感触に満足している。

なのにアリシュの欲求はさらに膨らみ、手を広げて胸元を大きく探ってしまう。緩められた服の前を、アリシュの手で広げていく。首から下の逞《たくま》しい身体を見て、アリシュは自分の身体とは何もかもが違うことに驚き、嬉しくなった。

これが私の。

この身体をもつ者がアリシュの伴侶となるのだ。他の女性に見せることなどない。触れさせることもない。アリシュだけのものだ。

アリシュは自然と首筋に顔を埋めて、強請られたわけでもないのに舌を伸ばした。舐めないという選択肢はなかった。手で触れるだけでは治まらない感情がアリシュに溢れる。誰に邪魔されるわけでもない。アリシュはもう目の前のものしか見えていなかった。身体が熱くなる。熱いのは自分なのかイヴェルなのか、解らないが自分のほうが熱いことは確かだ。頭がぼうっとなるのに、身体は欲望のままに求めた。

イヴェルの手がアリシュの上衣の裾から潜り込んできたのは、アリシュが褐色の肌に頬を寄せているときだった。熱く火照った身体は敏感になっているのか、彼の大きな手が腰から胸へと這ってくるのが布の上からでもよく解った。

「あ……」

アリシュを驚かさないためなのか、とてもゆっくりとした動きだが、熱くなったアリシュにはむしろそれがもどかしく感じられた。イヴェルの身体に触れても、自分の身体に触れられるなど考えてもいなかったのに、実際に触れられるとそれも欲しいと思ってしまう。

「……鏡？」

イヴェルの手は、上衣の袷《あわせ》に挟んでいた手鏡に触れて一度止まった。

アリシュは、もらったばかりの手鏡を部屋に置いておく気になれず、誰にも見つからないように持っていたのだ。

つまり、気に入っているのだとばれてしまったことにアリシュは頬を染める。しかしイヴェルは追及することはなく、口元を緩めただけだった。

「あ、あっ」

彼の悪戯な手は、アリシュの胸に辿り着き、布の上から片胸を包んだ。簡単に掌に収まってしまい、アリシュは自分の身体の色気のなさに少し悲しくなる。

イヴェルの身体は美しく、男性として誇るべきものだ。見せるつもりはないけれど、誰に晒しても溜め息を吐くだろう。一方でアリシュは自分の身体の細さが気になっていた。充分な食事はとっているのに、背は伸びても女性らしい部分が育ったとは言えない。従妹のエラが、服の上からでも解るぐらい女性らしい身体をしているだけに、アリシュは自分の身体を疎《うと》ましく思うのだ。

「……小さいのよ」

ぽつりと零してしまった言葉は、後で考えると今更で、おかしくも思うのに、それだけでイヴェルにはアリシュの言いたいことが解ったようで、気まずさから目を逸らしたアリシュの注意を引きつけるように笑った。

「これが好き」

アリシュの身体が、好き。そう言われては、もうアリシュから言えることなどない。イヴェルの手が大胆にアリシュの胸を弄り、柔らかさを確かめるように揉んでいても、止めることなど出来なかった。

「姫さま、もっと」

「ん、ん……」

撫でてくれと強請られているのはこちらなのに、アリシュのほうがもっとと胸を差し出すようになっていた。彼の指先は布の上から乳首を捕らえ、いかに硬くなっているかを教えてくる。

いつの間にか背中にあったイヴェルの手はそのまま前に回り込み、アリシュの小さな乳房を弄んでいた。もう片方の手は止まっていたアリシュの手を自分の身体へと導き、服の中へ誘う。

「もっと……」

「あ、ん、んっ」

胸に触れられながらも、アリシュはイヴェルの身体を弄る。

欲しいものを何もかも与えられ、思わず上がる声を止めることなど考えられなくなった。

イヴェルの手は、アリシュの足元まで隠すスカートの裾から足を辿り始め、ゆっくりと上にのぼってくる。

「あ……っ」

この先にある淫らな行為を予感し、アリシュの身体がびくりと固まる。しかしイヴェルはその怯えも簡単に溶かしてしまうのだ。

「もっと、撫でて」

促されて、視線を上げるとアリシュの大好きな笑みがそこにある。何も間違ったことなどしていない。欲しいものを強請っているだけだ。誰にも邪魔をされない。

アリシュは促されるままイヴェルの身体を撫で、服の内側を伝って背中まで手を伸ばす。

「……もっと」

「ん……」

強請られて、アリシュは背中まで手を伸ばす。それと同時に、イヴェルの手ももっと深くまで潜り込んでくる。

とうとうアリシュの中心まで、女性にとって一番大事な場所だと教えられたところまで指が上がってくると、イヴェルの手は太ももを何度も撫でた。

「撫でて、もっと……」

声まで甘いなんて、おかしい。

アリシュはぼうっとなって、上体は縋《すが》るようになり、顔を寄せて抱きついてしまう。イヴェルの肌を感じながら、彼の手がアリシュの肌に触れていることも感じる。

その手はアリシュの脚の間に潜り込み、膝から上へ、下へと何度も撫でさする。

「姫さま、もっとして」

「んっ」

「もっと」

イヴェルの手は動くたびに大胆になり、指先が何度も身体の真中を掠める。

「もっと撫でて」

誘われるままに腕を動かし、イヴェルを落ち着かせるように背中を撫でる。そうすると、同じようにイヴェルの手も動いた。アリシュが動くと、イヴェルも動く。それが解り、アリシュは手を動かし続けた。

「姫さま、もっと？」

「……もっと」

初めて問いかけられて、アリシュは同じ言葉を繰り返した。

欲しい。イヴェルが欲しい。もっと強請られて、もっと強請りたい。

「……もっとして？」

「もっと……して」

その意味は頭で理解する前に、身体が理解していた。イヴェルの手を、アリシュは欲していたのだ。

大きな指はアリシュの下肢を思うままに彷徨い、脚の間へ最後に触れてきて、そのまま覆われ、何度も撫でられた。びくん、と身体が揺れたが、アリシュはイヴェルに誘われるがまま身体を差し出し、もっと、と口に出すことにも抵抗がなくなっていた。

「あ……っふ」

「姫さま……」

吐息交じりのイヴェルの声に、熱い身体がさらに火照る。イヴェルの手が、指が、アリシュの秘部を撫でて誰も触れたことのない襞の間に潜り込み、何度もそこを擽《くすぐ》る。他人の手が、ここまで自分を昂らせるとは知らなかった。いや、イヴェルの手だからこそ、アリシュはこんなにも気持ちが昂っているのだろう。

アリシュが両脚に力を入れ、差し込まれた手をさらに挟み込むと、イヴェルの指は大胆に動き、下生えを撫でてその奥へ潜む芯を探り、強く指で刺激してくる。

「あ……っん、ん」

その指の動きはアリシュが震えれば震えるほど速くなり、もう何も考えられなくなる。そこだけに意識が集中し、全身が感受体になったようにすべてに感じた。

「……イって」

「――ッん、あんっ」

びくびくと身体が震えて、囁かれた言葉どおりに身体が達したことを知った。

これが絶頂というものなのだ。

アリシュは生まれて初めて、その感覚を知った。そして理解した。子供を作るための行為が、こんなにも気持ちのいいことに。イヴェルに翻弄《ほんろう》されて、イヴェルのことだけを考える時間がこんなにも充実したものであることに。

このとき、アリシュは女王としての自分のことなど考えられなかった。今の自分は、常に冷静で、国のことを想い、余裕を見せて微笑んでいる女王になど決して見えない。アリシュの頭の中は、もっと大きく乱れてみたい、イヴェルを乱してみたいという思いでいっぱいだった。

＊＊＊

下着をつけていない。

イヴェルは異国の衣装に改めて驚き、知らず口元を緩めた。

サリークの女性の衣装は、身体のラインをはっきり見せているものが多いが、デュロンは体型を隠すように薄布を重ねている。スカートは膨らみ、薄い合わせの上に上衣を羽織る。昨日、寝着を脱がしたときにも思ったが、下穿きのようなものはない。

これではいつでも襲ってくださいと言っているようなものだと思うが、自分とアリシュを隔てるものが少ないことにイヴェルに不満はない。

アリシュは簡単にイヴェルの手に落ちた。

向けられる視線から予想していたとおり、アリシュはイヴェルに夢中なのだ。それでも、もっと夢中にさせたい。イヴェルを独占する気持ちを隠さないで欲しい。わがままに奪って欲しい。

どこにいてもイヴェルだけを考え、溺れてしまえばいい。

イヴェルはアリシュを誘い、思うままに操り昂らせてイかせた。ただ、絶頂というには遠い、小さな波だ。しかしアリシュにとっては初めてのことだろう。ただイヴェルに縋りついているしかなく、身体はいまだにびくびくと震えて、頬は上気し目は虚《うつ》ろだ。

身体の反応に呑まれているのだと解る。

しかしもっと夢中になってもらわなければ。

離れるということを考えられなくなるくらいに。

「姫さま、気持ちい？」

「…………」

アリシュからは吐息のような返事しかなかったが、それが答えだ。イヴェルの指はまだアリシュの間に収まり、柔らかなものを撫でつけている。

そこがぬるりと濡れていることに知らず口端が上がる。蜜を全体に広げようと、指を大きく回して襞を広げた。固くなった芯を掠めると、それだけでアリシュは強く震える。

中に挿れたい。イヴェルは強くそう思ったが、今は撫でるだけに留めた。

ここで犯してしまうと、後の楽しみがなくなる。それは本当にもったいないことだ。

ゆっくりと時間をかけて、アリシュをもっと深く、這い上がれない場所まで落とさなければ。視線を合わせただけで、女王の仮面が剝がれてしまうようになればいい。

女王として気取って笑うより、わがままに乱れてしまうほうがいい。姿が見えないと不安になれ。常に欲望を求めろ。すべては自分のものだと思い知れ。

もはやイヴェルのすることに何の抵抗も示さず、されるがままにぼうっとなっているアリシュの様子に、イヴェルは満足して微笑んだ。手拭きでアリシュの秘部を拭い、下肢から手を引き抜く。それから乱れた服を直し、ぼんやりとしているアリシュの前で自分の服も直した。

ゆっくり留め具を付け直しているのを、アリシュがじっと見ているのが解る。

しかしここではこれで終わりだ。

そろそろ東屋の外に放置したダルファンが気を揉んで顔を出す頃だろう。何をしていたかなど、この上気したアリシュを見せるだけで充分だ。

「姫さま、姫さま」

優しく呼びかけて、アリシュの視線がイヴェルと合うとにっこり笑ってやる。

「戻ってご飯を食べよう。お腹空いたよ」

「おなか……」

いつの間にか時間が経ち、一日三食とるこの国では昼食の時間だ。軽いものだがアリシュの食事を抜くことは出来ない。とはいえ、先ほどのような毒入りのものを口にさせるわけにもいかない。

あのお茶には驚いた。まさかアリシュを傷つけようとするとは、この争いもない穏やかな国では考えにくいものだった。

イヴェルは幼い頃から毒に耐性をつけるよう、何度も苦しみながら慣らされたため、だいたいのものは何かに混ざる匂いでそれを判別出来るようになった。初めての食べ物を出されても、口に含めば毒入りかそうでないかが解る。

ダルファンはアリシュの盾としては良いのだろうが、それだけだ。力で襲いかかる敵からは彼女の身を守れるだろう。しかし罠を仕掛ける敵には、何も出来ない。

それで護衛だとは笑わせてくれる。

イヴェルは実際笑ってしまいながら、ダルファンを簡単に挑発して遊んでもいる。アリシュに近づくものを許さないダルファンは、イヴェルが何をしても気に入らないのだ。

それとは対照的に、宰相のセチャンは頭が回る。イヴェルがサリークの王子であるかどうか、本物かどうかを疑いながらも、イヴェルの行動を見て何が最良かを判断出来る。生真面目なところを突いてやると過剰に反応するが、アリシュ以上に冷静に判断することを身につけているのだろう。

別に疑われても構わないが。

イヴェルは自分の身元についてアハルに隠すようには言っていない。探られて困るものなど何もないのだ。思うまま疑い、不安になり、それをアリシュに伝えるといい。そして疑念を植え付けられながらもイヴェルを求めてしまう罪悪感にアリシュがもっと溺れると良い。

執務室で、アリシュの判断に驚き、新鮮なものを感じたのは確かだ。アリシュは公正だった。これが、デュロンの王族というものなのだろうか。

自国でも、デュロンの王の清廉さは伝えられていた。だがこの国に入りアリシュの周囲を自分で確かめて、甘さが抜けきっていないような、隙の多い警備に笑ってしまったものだ。イヴェルなら簡単に落とせそうな国だと感じた。

しかしアリシュの姿を見て、大国シュゼールさえ攻め入らない理由が理解出来た気がした。

この王が統治する国ならば、裏切られることはないだろうと、良き隣人であり続けたいと、思わせてしまう何かがあるのだ。

イヴェルはアリシュの毅然とした判断に喜び、思いがけないおまけをもらった気がして嬉しくなった。

そもそもアリシュを欲したのは、その清廉さの表れる容姿と感情を押し殺せる強い精神力を、自分の手に落とせたらどんなに楽しいかと思ったからだが、手慰みに遊ぶ玩具が手にしたものの中で一番輝くものだったと気づいて、嬉しくなったのだ。

これでますます手に入れるのが楽しみになった。他の誰かになどもう渡せるはずがない。離さないけどね。

イヴェルはぼうっとしたままのアリシュに、音を立ててキスをした。

「姫さま」

「ん……っ」

己の気配をまったく消さず近づいて来るダルファンには、イヴェルはちゃんと気づいていたが、むしろ見ればいいと思っていた。

「女王陛下！」

東屋を覗き込んだダルファンは、今にもイヴェルに斬りかかりそうに剣の柄に手をかけ、足に力を込めている。実際にそれを抜くと、イヴェルの従者であるアハルが許さないだろう。

静観しているように見えても、アハルは一流の護衛だ。それにそもそも、激昂したダルファンに斬られるほどイヴェルも弱くない。とはいえ、それを披露しようとは思わない。力を見せることは簡単だが、アリシュを夢中にさせてから見せつけるほうが楽しいのだ。

ダルファンの声に正気づき、ぱちぱちと何度も瞬いたアリシュは、自分のしたことを一気に理解し、赤くなった頬をさらに染めて赤い唇を噛みしめた。

女王としての理性を思い出したのだろう。そして恥じている。

その恥じらいを持ったまま、崩れてしまえ。そのほうがもっとずっと楽しいからとイヴェルはにこりと笑ってその耳に囁いた。

「……夜に、また」

「――ッ」

ひゅっと息を呑んだアリシュが、一瞬で何を思ったのかイヴェルにも解った。

厳重な警護をしていても、イヴェルは簡単にアリシュのもとまで行ける。誰にも邪魔されない空間では、アリシュはもっと乱れてくれるだろう。

そして恥じらいすらもなくしてしまったとき、アリシュはイヴェルのものになる。

そのときが楽しみだと、イヴェルは理性を手繰り寄せ、女王らしく背筋を伸ばすアリシュと手を繋ぎ、また城内へと戻るよう促した。

その道すがら、城内や国中の者たちから視線を集めるとしても、イヴェルには心地良いものにしか感じられなかった。

# 5章

アリシュには毒見役が増やされることになった。

普段の食事はもとより、休憩時に差し出されるお茶にも気をつけられる。調べたところ、イヴェルが指摘したお茶には確かに人体に影響のあるものが入っていたらしい。致死量ではなかったにしても、アリシュに毒を盛られたことが問題だ。

毒の中には、少量で死に至るものがないわけではない。アリシュもそれは解っているから、厳重に確かめられることになった食事にも不満はなかった。むしろ気を張ってしまう周囲を気遣うだけだ。

イヴェルは毒に敏感なことから、毎食、席をともにすることとなった。

王配として、今は城の客人としてもてなされるべきイヴェルには、アリシュと同じ食事を出されてもおかしなことはない。しかし、ものを食べるという行為には、実はとても淫《いん》猥《わい》なものが含まれるのだと、アリシュはイヴェルのその姿を見て初めて理解した。

異国の者には珍しいだろう箸《はし》を器用に使い、口に食べ物を含む仕草、その指先。美味しいと目を細める顔。時折唇を舐めるために覗く舌先。そのすべてがアリシュを興奮させてしまうのだった。

アリシュは先日初めて絶頂というものを覚えたが、一度覚えてしまうと身体は簡単に熱くなるもののようだ。もう一度熱くなりたい。高くまで昇り詰めたい。それはアリシュの大好きな甘いものを、絶えることなく与え続けられるような、喜びだった。

ただ、理性がアリシュに慎みを持てと言ってくるのだ。

まさか外で、離れているとはいえ警護されている中で、あんなふうに我を忘れて乱れるとは予想もしていなかった。

ダルファンに見咎められたのは、イヴェルがキスをしているときだったが、下肢に手が伸びているときだったらと思うと、それだけで足が震えそうになる。

女王として、そんな姿を誰かに見せられるはずがない。

幼い頃から女王となるべく教えられていたけれど、まだ成人したばかりの若い女王である。実際に指揮を執《と》ることに不安がないわけではない。セチャンやチジュ、他の首脳陣など、誰かに支えられて教えられ、初めて女王として成り立っているのだ。

誰かが「アリシュは女王に相応しくない」と言えば、他の誰かも賛同するかもしれない。そしてアリシュは、この場所にいる意味を失い、きっと今まで生きてきた意味も失くし、その先に何が待っているのか、考えることすら恐ろしい。

己の一瞬の欲望で、そのすべてを失うかもしれないと思うと、アリシュは自分が許せなかった。

イヴェルは自分の好きなようにやっている。そしてその生き方をアリシュ自身も望んでいようとも、流されるわけにはいかない。なぜなら女王だからだ。女王として、この国を守り続けることは、亡き父、祖父から引き継いだ大事な使命だ。

改めてアリシュは自分の気持ちを引き締め、午後は政務に励んだ。


「それで、毒を入れた者は見つかったの？」

アリシュの仕事の多くは、書類に印可を押すことだ。

とはいえ最終決定なのだから、その内容をしっかりと把握することが重要であり、セチャンや担当官吏から納得のいくまで話を聞き、印を押す。幸いにも国は穏やかで豊かだ。飢饉などはなく、争いもない。アリシュが政務を覚え、ゆっくり進めていく充分な時間があった。

だからこそ、案件ひとつひとつを丁寧に処理する。それが時間がかかっている理由なのだが、アリシュは今のところこのやり方を変えるつもりはない。周囲からも変えろと焦らされることもない。

国を支えていきたいと思いながらも、まだ支えられていることを実感しながら、アリシュは、それでも昨日よりは成長したいと前を向く。

一日の業務が一通り終わったところで、アリシュは書類を片づけようとしていたセチャンに聞いた。アリシュに毒入りのお茶を淹れた侍女は、あのまま帰って来ていない。あのとき、彼女の蒼白な顔が泣きわめくことも忘れたように、呆然としていたのを思い出す。あの城で働く侍女も、アリシュが守らなければならない国民のひとりだ。あんな顔をさせたいわけではない。彼女が犯人でないのなら、すぐに仕事に戻してあげたいと思っていた。

セチャンは手を止めて、軽く首を振った。

「いいえ。あの侍女を問いただしましたが、『知らない』の一点張りです。それが本当なのか裏があるのか、まだ解らないところです。誰かの指示があってのことなら、この先接触があるかもしれませんので、少し見張っておくことにいたしました」

「見張るって、誰が？」

「ダルファンです」

「……えっ」

いつ見張るの？

アリシュは同じ部屋でいつものように控えていた護衛を思わず振り返った。

ダルファンの仕事は、アリシュの傍にいることだ。誰かと接触するかもしれない侍女を、いつどうやって見張るのだろうと疑問が浮かんだ。

ダルファンは無口だが存外表情が解りやすく、感情がよく漏れる。今も必死に冷静さを保った顔で、眉間にいっぱい皺を寄せながら、まるでセチャンが敵であるかのように睨みつけている。

「私の家で一時預かるのです。私の家の者は皆武術の心得がありますし、私がいない間は家宰が代わって目を光らせております」

「そう……ダルファンの家なら、安心ね」

もともと武芸に秀でた一家である。家人はもとより、使用人たちもある程度の武術を学ぶのがダルファンの家のしきたりだと言う。もし侍女が無実であり、誰かから危害を加えられそうになっても、彼らなら守ってくれるはずだ。

アリシュの同意に、ダルファンは少し顔を曇らせ、腰を折った。

「それよりも……申し訳ありません」

「なにが？」

「そのお茶のことです。女王陛下専用の棚に施錠をしないなどあってはならぬこと。その結果あのような事態になったのです。私の落ち度、いかようにもご処分ください」

「処分って……ダルファンを？」

「女王陛下の警護はすべてダルファンの指揮下にあります。不備があるならその長であるダルファンの責任」

首を傾げたアリシュに、セチャンが説明を加えるように引き継いだ。

「まだ調査の途中ですが、誰が茶葉に毒を仕込んだのか、解っていないのです。気を引き締めるためにも必要なことかと」

ダルファンを処分することが？

アリシュが兄のように思ってきた相手である。実際アリシュは毒を口にしていないのだから、求められるほどの処分など出来ない。本気で言っているのかとふたりの顔を交互に見たが、冗談ではないようだ。

こういうときどうすればいいのか助言をくれるはずのセチャンが、アリシュに決定を求めている。アリシュは今までの事例を思い出し、どれが当てはまるかなど考えたが、皆が納得する結果など出ないことは解りきっている。

しかし暗い顔で覚悟を決めているようなダルファンを見て、アリシュはふと思いついた。

「では……ダルファン。この先はイヴェルに無礼な言葉は控えるように」

「……は？」

「確かにイヴェルは、少し驚くことばかりするけれど、サリークの王子。今のところあまり気にされていらっしゃらないようだけれど、いつ無礼を諌められてもおかしくないのよ。そもそも、私に危害を加えているわけではないのだから、少し落ち着いて――」

「それとこれとは話が別です！」

アリシュの言葉を遮り、ダルファンは今までのしおらしさなど吹き飛ばし激昂した。

「あの男の自由にさせていたら、女王陛下に無礼を働くばかりではありませんか！　あんな男、女王陛下が庇う価値があるとも思えません！」

仮にも一国の王子を、あの男からあんな男にまでしてしまったダルファンをアリシュは困惑したまま見つめ、助けを求めてセチャンを見たが、彼にもどうしようもないのか肩を竦めるだけだった。

「女王陛下が寛容《かんよう》なのをいいことに好き勝手してばかり！　そもそも、あのお茶のことを見抜いたのも怪しいと私は思っているのです」

「どういうこと？」

真面目な顔でここにはいない男を睨みつけるダルファンの発言の真意が読めず、顔を顰める。

「あれはヤツの自作自演だったのではないでしょうか」

「自作自演……」

「なるほど、一理ある」

呆然と繰り返すアリシュに対し、頷いたのはセチャンだ。

友人の同意を得たダルファンは勢いづいて、自分の考えを述べる。

「あのとき、机に置かれたお茶に注意を向けたのはヤツが最初。それまで誰も気にもかけていませんでした。そこに毒が入っているなど、言われなければ気づきません。それに気づいたのは、毒を入れた犯人だからです」

「そんなまさか……そんなことをする、理由が解らないわ」

「女王陛下と食事を同席するため、でしょう」

「そうだな。同じ席で食事をすれば、もっと気づかれずに毒を混ぜられる機会が増える」

そのまま真剣に話し始めるふたりを見て、アリシュは顰めたままの顔が戻らなかった。

本気でそんなことを思っているのだろうか。イヴェルがアリシュを殺そうとしている？　傷つけようとしている？　宰相にしろ護衛にしろ、アリシュのことを心配しすぎて過剰に反応しているのだ。

あのイヴェルが、何の目的でアリシュを傷つけるのか。

アリシュは一瞬、東屋でのことが思い出されたが、慌てて首を振って記憶を消し、女王として臣下を諫めた。

「いい加減にして。イヴェルがどうしてそんなことをするの。理由はなに？　本当に毒を入れたとしても、そのためにわざわざサリークから来たというの？　それこそなんのために？」

女王に相応しくないから、ということかもしれない。未熟だというのは自覚もしている。しかし、アリシュを殺してまで取って代わろうとする者がいるとは思えない。

セチャンとダルファンはお互いに顔を合わせ頷き、視線で会話をしたので何を確認し合ったのかアリシュには解らなかったが、とりあえずアリシュの言葉に従い、無礼を詫びて頭を下げた。

「申し訳ございません。まだ彼の身元が証明されたわけではありませんので」

「あの方は王紋をお持ちでしたが、サリークの王子にしてはいささか言動が気になるところがございます」

はっきりおかしいと言ってもいいけれど。

アリシュが自分でもそう思うのだから、言葉を濁されなくても解る。しかし彼が本当にサリークの王子であるなら、デュロンという小国の王族相手であってもそんなことを公の場で口に出して言えるはずがない。

大国シュゼールのその向こう。砂と草原の国サリーク。本を読んだり、人から聞いた話で想像するしかない遠い国だ。この国とはまったく違う世界があるのだろう。デュロンに生まれ、デュロンで育ち、デュロンのために生きろと教えられてきたが、それが嫌だったわけではない。この先もデュロンのために生きるだろう。それでも、夢を見ることは自由だと思うのだ。

そして夢は夢だと、自分の結婚も理想を諦め身近で安全な相手で決めてしまおうと思っていたアリシュが、突然現れた理想の相手に戸惑ってもおかしくはない。現実にいながら、夢を見ているようだった。イヴェルに出会って、まだ一日と少しだと言うのに、ずいぶん濃い時間を一緒に過ごしている気がする。ずっと半分夢の中にいるような気持ちだ。

だからなおのこと、アリシュにイヴェルを疑うことなんて思いつかなかった。

「しかしサリークの王子なら、結婚式にはご親族のどなたかを呼ぶことを求めるはず」

アリシュはまた考えに耽っていたようで、ダルファンの言葉にはっと現実に戻り、ふたりの会話を聞く。

「結婚式を決めたとき、私もそれを確かめたのだが、従者のアハルという男が言うには、結婚はイヴェル王子のものであり、他の王族の方には関係ないから、と……」

「まさかそんなことは」

「一応、こちらからサリークに向けて書状を出した。しかし届いたとしても、こちらへお越しいただくには二週間あってもまだ……」

きっと間に合わない。アリシュにもそれくらいは解った。

そのあたり、王子としてどうなのだろう。本当にサリークからの賓客《ひんきゃく》もないまま、デュロンの者たちに囲まれての結婚式でいいのだろうか。

考えていてもアリシュに答えは出ない。後でイヴェルに訊こうと思い、その後のことをふと思い出した。「夜に」と言ったイヴェルの声が、また耳元で聞こえるようだ。

アリシュは顔を朱に染めかけて、必死で女王となるべく培った理性を掻き集め、平常心を保った。

夜半に勝手に、警護の者たちの目をすり抜けて女性の部屋に入ってくるのはいかがなものかと、女王としてきちんと諫めなければ。

しかしそれもこれも、今日の夜、本当にイヴェルがアリシュのもとに来てからの話だ。

本当に、来るのだろうか――アリシュは不安に思いながら、期待しているわけではないと気持ちを否定する。そしてふと、今更な事実に気づいた。

イヴェルは、いったいどうして、この国に来たのか。

今まで誰も、それを問うたことがない気がする。アリシュはここで初めて、側近のふたりが警戒する理由が解った気がした。

　イヴェルには、あまりに不思議なことが多すぎた。

「イヴェル、貴方はどうしてこの国へ来られたのですか？」

　今日は午後からイヴェルの姿が傍になかったことも気になっていたが、アリシュは誰も訊いたことのない疑問を夕食の席で口にした。

　女王となったアリシュは、王配が必要だと言われてはいたが、それはこの国内の問題であり、周辺各国へ相手を求める招待状など出していなかったはずだ。事実、お茶会という名のお見合いに来ていた青年たちはほとんど国内の人間だった。

　イヴェルは今日も綺麗に箸を使いながら、アリシュの傍でにこりと笑った。

「姫さまに会うため」

　臆面《おくめん》もなくそう返されては、アリシュも赤くなる頬を慌てて隠すくらいしか出来ない。

　主の窮地を助けるために、女王の給仕として傍にいたリュンが、侍女としては珍しく口を開く。

「イヴェル王子は、女王陛下のどこに惹かれたのですか？」

「どこ？」

　リュンからの質問に、イヴェルは嫌な顔をするわけでもなかった。

女王の伴侶候補であり、サリークの王子であるイヴェルに、侍女でしかないリュンが突然話しかけても立場を弁《わきま》えろと怒ることもない。ただ傍にいる人に話しかけられたから答える、という姿勢にまた驚くが、リュンはそれも気にせずに続けた。

「はい。イヴェル王子の求婚はすでに国中でお噂になっています。国中の少女たちの憧れになっているのです。求婚のお相手が女王陛下だということで、皆誇らしくも思っております」

「そ、そんなに?」

驚き慌てたのはアリシュのほうだ。

あの突拍子もない求婚、内容がどうかと思う求婚。それがこんな短時間で広がっているのなら、アリシュがそれにあっさり答えたという事実も広まっているはずだ。

けれども、どうやらアリシュの行動は批判されているわけではないようだ。あんな求婚に答えるなんて、と失望されているかもしれないと少し心配していただけに、少し安堵した。

「もちろんです。さすが我が女王陛下と皆喜んでおります。この度のご婚約については、もうこの国で知らぬものなどありません。それほど、イヴェル王子は金の騎士そのものなのです」

「金の騎士?」

「若い娘に評判の物語です。それに出てくる騎士に、イヴェル王子のご容姿がそっくりだと。勝手なことでございますが、皆が夢に見るほどの金の騎士に、それほど似ていらっしゃいます」

「ああ」

リュンの無遠慮な説明に、イヴェルは納得したと頷いた。

「似ているだろうね」

「え？」

あっさりと肯定されて、アリシュはどういう意味だと首を傾げる。イヴェルは秘密を打ち明けるようなもったいぶった様子もなく、その理由を口にした。

「あれは僕の曽祖父の物語だと聞いているから……つまり曽祖父に僕が似ているのは当たり前ということだよ」

「…………えっ」

おかしなことではない、と結論づけるイヴェルに対し、アリシュの反応は遅かった。

そしてリュンも、女王の傍で控えていた護衛や他の侍女たちも一斉にイヴェルを見る。

「そ、そんな、ほ、ほん……」

本当に？

偽りではないと、イヴェルの容姿がそれを証明しているが、確かめずにはいられない。

そしてそれはその場にいた、特に若い侍女たちの総意だっただろう。問いかけられるのはアリシュしかいないというのに、驚きと困惑でうまく口が回らなかった。

憧れの王子の子孫が目の前にいるというのに。あのお話は本の中のことではなく、現実にあったことで、さらにイヴェル本人が、かの騎士の血を引き継ぐのだと言う。

アリシュはこれほど動揺することなどきっと他にないと思うほど指先が震え、もう食事どころではなくなった。

「食べないの？」

「イ、イヴェル……」

「食べさせて欲しい？　姫さま」

「そうではなく！」

箸先で切り分けた肉を摘まみ、アリシュに向けるイヴェルを、アリシュは力強く遮る。

それを気にせず、イヴェルは行儀悪くも箸先を宙で遊ばせていた。

「僕は姫さまに食べさせて欲しい」

「……えっ」

「あーんってして？」

イヴェルは摘まんでいた肉を一度皿に戻し、今度は箸で突き刺す。その持ち手のほうをアリシュに差し出した。

「姫さま、して」

「…………っ」

躊躇うアリシュは悪くないだろう。

しかし強請るイヴェルに弱いことは、アリシュ自身が一番よく知っているのだ。

こんなときに、こんな場所で、したいことはそれじゃないのに！

しかしアリシュはしばらく躊躇ったのち、手を箸に伸ばした。

嬉しそうに、大人しくその先が自分に向けられることを待っていたイヴェルに、アリシュは言った。

「これをあげたら、質問に答えてくださいね」

「姫さまの聞きたいことなら、なんでも答えるよ」

あっさりとした返事に、アリシュは手が震えるのを必死で我慢しながらイヴェルに箸を向ける。イヴェルの唇が開いて、小さな肉の欠片がその中に消え、箸を唇が挟む。

ゆっくりと引き抜くと、その先にはもう何もなかった。

ただそれだけの仕草だというのに、アリシュは息を呑みそうになる。やはりもう食事など必要ない。

「美味しい」

ぺろりと唇を舐めるイヴェルにアリシュは釘付けになる。しかし周囲の物音に我に返り、瞬時にかっと頬が赤くなる。

ここはふたりきりではなかったのだ。

護衛もいるし、侍女たちもたくさん控えている女王の食事の間だ。アリシュだけの寝室ではない。アリシュの自分の時間は、夜の私室で、あの寝台に入るときしかない。それ以外は常に誰かが控え、アリシュは見守られている。

彼らを失望させないために、期待に応えるために、アリシュは女王然としていなければならないのだ。

だというのに、この顔を他の誰かにも見せてしまったということが、そしてイヴェルが平気で見せているということが、アリシュの気持ちを逆なでする。

イヴェルは私のものなのに。

無意識のうちにアリシュはそう思ってしまっていた。やはり、この姿を他の者に見せるのは危険だ。アリシュでさえすぐに落ちてしまうのだから、他にもイヴェルを好きになってしまう者がいてもおかしくはない。

そして、今打ち明けられた事実。金の騎士はイヴェルの祖先だと言う。イヴェルの容姿がその騎士そのものだというのもそれで合点がいったが、それが城中に、いや国中に広まれば、イヴェルを求める誰かは数えきれないくらいになるだろう。

それでも、イヴェルはもうアリシュのもの。

アリシュは心の奥で昏《くら》い悦びに震えながら、その気持ちを顔に出すわけにはいかないと必死に女王としての理性を保ち、何ものっていない筈をイヴェルに返して、落ち着くように深く呼吸をしてから口を開いた。

「イヴェルの曽祖父……曾お爺《ひいじい》様は、では、あの本のとおりの方なのですか……？」

緊張し、改まった質問だが、きっとこの部屋にいる侍女たちの期待に添ったもののはずだ。

　誰もが憧れる夢の王子が、現実にいたと解る瞬間だった。

「間違ったことは書かれていないみたいだね」

「間違ったこと、とは？」

「あの本に書かれてる曽祖父の言葉かなぁ。ほとんどそのままみたい。身内として恥ずかしいけど」

「恥ずかしいなんて！」

　思わず声を上げたアリシュに、何人かの声が重なった。

　慌てて周囲を見ると、顔を赤らめた侍女たちが申し訳なさそうに小さくなっている。彼女たちを責めることなど出来ない。

　しかしイヴェルは首を傾げただけだ。

「恥ずかしいよ？　だって『君に会うために生まれてきた』とか、『夜空の星々を集めて君に捧げる』とか、『君は光であり、輝く君を追い続けるだけの私は一生追いつけないかもしれない』とか。どこで考えたんだろう？」

「……！　……ッ!!」

　声を殺して身悶えたのは、アリシュだけではない。

　女王としての威厳などどこにもない。頬を染めて目を潤ませるアリシュは、周囲の侍女たちと同じ。夢を見る少女と同じ。イヴェルを熱く思う気持ちに違いはない。

イヴェルの姿で、イヴェルの放った言葉は、国中で少女たちが憧れる言葉そのものだ。物語の中で、金の騎士が異国の姫に想いを告げる数々の場面は、少女たちの、そしてアリシュの心を惹きつけてやまない。

口にするだけで、こちらの呼吸を止めてしまうほどの破壊力だった。本気で、面と向かって囁かれたら、いったいどんなことになってしまうのか。

アリシュの願望は視線になってイヴェルに届いてしまっているらしい。イヴェルはそれを正しく理解して、口端を上げた。

「姫さま、言って欲しい？」

はくはくと空気を食むだけのアリシュの答えだったが、イヴェルには通じたようだ。流れるような動作で椅子から下り、アリシュの足下に膝をつく。それから、すでに震えている細い手を取って口元に近づけた。

まるで求婚と同じ仕草だ。その視線はひたりとアリシュに向けられ、アリシュは拘束されているわけではないのにまったく身じろぎ出来なくなった。

それを確かめた後で、イヴェルは口を開くのだ。

「『この地に、私の前に現れた君が悪い。諦めて私の愛を受けなさい』」

「――――ッ」

このとき、部屋の中では神聖なる女王の居場所に相応しくない騒動が起こった。

侍女たちが次々に倒れ、眩暈《めまい》を起こして仕事にならなくなり、それを助ける護衛たちが大いに慌てふためき、金の騎士に手を取られたアリシュは、その光景を目にしたのを最後に意識を手放したのだった。


あれは求婚の一場面だった。

金の騎士の強気な愛情に異国の姫がとうとう陥落し、愛を受け入れた重要な場面だ。

騎士が姫を助ける場面は数々あるが、あの愛を囁くところは絶対に見逃せないし、誰だって一番に夢を見る場面なのだ。

「でもまさか気絶されるとは思わなかったなぁ」

そんなに駄目だったかな、と続けるイヴェルの声に、アリシュはその反対だと思った。

あまりに素敵すぎて、そのまま直視していることが出来なくなった。あの顔を見続けられなかったなんて、情けないと自分を罵りたい。

「でも、みんなが期待しているほどのいい男じゃなかったんだよ。本当は。性格が悪くていろいろ画策して少女を手に入れたのが本当の話。外聞が悪くて、好感を持てそうな話に変えてしまったんだ」

そうなの？

アリシュの問いかけは、何故かイヴェルに通じていないようだが、アリシュはイヴェルの言葉を待った。

「でも、姫さまがあんな騎士でもいいって言うのなら、僕も躊躇わないで済むね」

躊躇っているところなど一度も見たことがない。アリシュは殊勝《しゅしょう》なイヴェルの声に、「うそつき」と詰《なじ》りたくなった。そして彼の言葉の意味はどういうことだろうと考えているうちに、目の前が少し明るくなり、気づけば視界にイヴェルを捉えていた。

「気づいた？　姫さま」

にこりと笑って見下ろすイヴェルに、アリシュは自分が仰向けになっていると知った。状況が摑めず何度か瞬きして身体を起こそうとすると、イヴェルが手を貸してくれて、自分が寝台に寝ていたのだと解る。

そしてここはアリシュの寝室だった。

着ているものもいつもの寝着だ。寝台の傍の燭台に火が灯り、窓から向こうは暗い。夜なのだと気づき、置かれた状況に理解が追いつかず慌てる。それに答えをくれたのはイヴェルだ。

「姫さま、あのあと自室で休ませるって運ばれて行っちゃったんだよ。頭を打ったわけではないから、疲れが溜まっているんだろうって、休ませてあげてくださいって主治医のお爺さん？　の指示で、ここで眠っていたんだよ」

主治医のお爺さんとは王族専門の侍医である男のことだろう。確かにお爺さんと呼ばれる年齢ではあるが、威厳のある彼をそう呼ぶ者などいない。

そして寝室に寝かされた理由は解ったが、部屋にふたりきりの理由が解らない。

女王の部屋に、意識のないアリシュの傍に、イヴェルがいることを誰が許したのか。アリシュはその答えを想像したものの、否定して欲しくておそるおそるイヴェルに訊いた。

「イヴェル……貴方は、ここへどうやって……?」

誰の指示で、誰が許可を。それについては、イヴェルの笑顔が答えだった。

「窓が開いていたよ」

「……!!」

やっぱり、という声は言葉にならなかった。

いったいこの部屋の警護はどうなっているのだろう。二晩続けて、こんなに大きな人間を忍び込ませてしまうとは。ダルファンが守ってくれることにいつも安堵し、任せていたがこれでは疑ってしまうのも仕方が無い。

イヴェルが現れて以来、ダルファンはよく怒り、無愛想な顔がさらに不機嫌になっているることが多い。イヴェルを認めていないのだと解るが、そのイヴェルにこうして隙を突かれてアリシュの部屋への侵入を許してしまうとは、その腕が鈍っているのか頭に血がのぼってうまく働けていないのかと疑いたくなる。

おそらく後者だろうと思いながら、もうひとりの側近であるセチャンのことも気になる。

セチャンは最初こそイヴェルに不満を持っていたものの、それ以降はアリシュの判断に従い、咎めることもない。心の中では認めていないのかもしれないが、イヴェルをサリークの王子として扱い、アリシュの傍にいることも認めている。

だからといって、まだ結婚もしていない女性の部屋へ伴侶候補とはいえ男性を通すのを許しているはずがない。

だがそもそも、イヴェルが大人しくしていないことに原因がある。

窓が開いていたからといって、入ってきていいものではないはずだ。ちゃんと言わなければとアリシュが強く見つめると、そこには嬉しそうなイヴェルの顔があった。

「姫さま、寝よう」

そしてその腕に抱かれるまま、もう一度寝台に、今度はふたりで倒れ込んだ。

注意をしようしたアリシュの声は、喉の奥が固まったように出てこない。

この顔が悪い。

アリシュの意志を狂わせるイヴェルが悪いのだとアリシュはこのとき初めて思った。だというのに、イヴェルは横になり向かい合ったまま、アリシュのすぐ傍でまた囁くのだ。

「続きをして、姫さま」

「つづき――」

撥ね除けなければという理性は、イヴェルの前ではないに等しい。熱に浮かされたような声で、イヴェルの言葉を繰り返す。

「撫でて」

「あ……」

「触って。もっとして」

もっと。

それは本当に甘い懇願だ。イヴェルの声に逆らいたいのに、強請られると簡単に従ってしまう。そしてそれは、アリシュの本心でもあると知っているから、手を伸ばしてしまうのだ。きっとイヴェルにも、それが解っているに違いない。

アリシュは手を震わせながら、イヴェルの服の留め具に指をかける。アリシュの指でも簡単に暴《あば》けたその服の内側には、褐色の肌があった。その前を開くと、厚い胸板が現れアリシュは目を奪われる。我慢など出来ない。そのまま手を探らせて、東屋で触れた彼の肌を思い出すように撫でた。

男性の身体は平たいものだと思っていたのに、筋肉の膨らみや鎖骨、お腹のへこみなどまったく平坦ではないことを初めて知った。そこを飽くことなく何度も手で触れてみる。

こんなもの、触ったことがない。

子供のように夢中になりながらも、身体は大人の女として発情してしまっている。

「舐めて」

イヴェルの声に誘われて、アリシュは迷わず顔をその肌に近づけ、舌を伸ばした。調理された料理ではない。人間には何の味もしないはずなのに、アリシュは舌が痺れるような甘味を感じた。それを確かめようと、何度も舌を這わす。

「ん……ッ」

そのうちに口の中がからからになって、唇を何度も舐めた。自分の思うままに動きたくて、いつの間にかまたアリシュはイヴェルの身体の上に圧し掛かっている。服を大きく開き、アリシュが乗っても動じない胸元に抱きつき、いくら舐めても物足りなくて顔を寄せた。

大人しく下に敷かれていたイヴェルは、からからに乾いたアリシュの唇に指で触れる。どうしたのかとアリシュが顔を上げると、瞬きもせずに見つめていた。

「ん、ん……」

そのまま指を唇から奥へと送られ、アリシュはイヴェルの人差し指を食むことになった。指が甘いのはもう解っている。しかし飽きることなどない。

イヴェルの指はゆっくりと、しかし確実にアリシュの欲求を理解して口の中を動き、歯列や上あごを擽り、舌に絡ませるのだ。

「んっんっ」

少し苦しくなっても止めようとは思わない。今度は唾液が口の中に溢れた。それを呑み込もうとすると、指も引き寄せてしまうようだ。ぐっと奥まで来た指に苦しくなったが、戻されることに不満を感じて眉根を寄せる。

からかっているのか、指の抜き差しを繰り返し、アリシュの気持ちを翻弄する。

ちゅぷ、と音が立つほど指が濡れてから、イヴェルはそっと唇から指を引き抜いた。アリシュからの唾液が糸を引き、それを絡めたイヴェルはその指を自分の口へ運ぶ。とても美味しいものを待っていたように、イヴェルの淫猥な唇が開き、濡れた自分の指を舌で絡め取った。

これを見ては駄目。

見てしまえば、アリシュはこの先、イヴェルと食事をするのがきっと困難になるだろう。ものを食べている姿がこんなに淫らだったなんて。しかしそれはイヴェルに限定される。そしてその姿を他の誰にも見せたくないのだ。

やはり、籠が欲しいとアリシュは思った。

アリシュだけが鍵を持つ大きな籠。餌を与えるのもアリシュ。柔らかな寝台で寝かせてあげるのもアリシュ。アリシュとしか会わないのだ。きっとイヴェルはアリシュがそこへ訪れるのを心待ちにしてくれるはず。

アリシュを待って希《こいねが》うイヴェル。

その姿を想像するだけで、アリシュは崩れ落ちそうになった。

そのとき、アリシュは女王などではないだろう。物語の中に出てくる、金の騎士を慕う異国の姫でもない。かの姫は、騎士を一途に想う健気な少女だった。

自分の美しい騎士を籠に閉じ込めて一生ひとりで愛でていたいなど、考えることもなかったはずだ。

けれどアリシュには、その思考がとても素晴らしいものに思えて目を細めた。イヴェルは濡れた自分の指を舐め取り、それに満足したのかアリシュの胸元に手を伸ばす。

薄絹の寝着の上から、アリシュが小さいと気にしている胸を躊躇うことなく揉まれた。

「ん、あ……っ」

アリシュも、跳ね除けることはない。イヴェルが触りやすいように、両手をイヴェルの左右に伸ばし身体を起こした。イヴェルが嬉しそうに目を細める。大きな手は簡単にアリシュの胸を包み込んでいる。

それだけのことにアリシュは嬉しくなったが、熱くなった身体は貪欲で、もっと何かを求めている。

「姫さま」

気づくとイヴェルの手はアリシュの腰帯を解き、寝着の前をはだけさせていた。直接肌に触れるイヴェルの手は、心地よかった。ぴたりと吸い付いてきて、そのまま離れたくなくなる。

「あ、あんっ」

イヴェルの指が乳首を捕らえ、擽り、力を込めて摘まむ。それがアリシュの腰に響いた。

なんて声を出すの。

アリシュは自分の上げてしまったあられもない声に驚きながらも、繰り返される刺激を止めてとは言えない。

「あ、あ……」

「気持ちい？」

「んん……ッ」

声を抑えるには、唇を噛むしかない。アリシュははしたないと考えつつ、止まれない自分をどこかで嗤い、しかしせめてもの抵抗で唇に歯を立てた。

「舐めて姫さま」

声を堪えたというのに、イヴェルはその顔を見て自分の口を開いて舌を覗かせる。どこを舐めるのか、問わなくてもアリシュは欲しいものを見つけた。

「ん……」

迷わず顔を近づけ、舌を出してイヴェルの口へ差し入れる。

イヴェルの舌と絡まった。舌はざらりとしているのだと新鮮な感動を覚える。イヴェルの舌のほうが長いのか、アリシュの口腔に簡単に侵入し、指でなぞったところを舌が這う。誘われるままイヴェルの口腔へも舌を入れ、それを繰り返すとじゅうっと音を立てて強く吸われた。

「んんっ」

腰が揺れて、アリシュはいつの間にかイヴェルの身体を跨いで上にのっていることに気づいた。しかしイヴェルがアリシュをどかせることはない。イヴェルはアリシュの胸をやわやわと揉んでいたかと思うと、そのままアリシュの上体を押し上げ、唇を離す。

「ん、あ……」

どうして止めるのかとアリシュが見下ろすと、イヴェルの目が笑っている。

「もっと舐めたい」

どこを、と聞く前に教えたのは、イヴェルの手だ。大きくないだろうに、それでも楽しそうに撫で続ける彼の手は、乳首を掠めて何度も擽った。

そこを？

そんなことは駄目だ、と考えるより早く、アリシュは上体を伸ばしてイヴェルに倒れ込んでいた。

「あ、あ……っん」

手の刺激だけでも充分だと思ったのに、唇に含まれた乳首は、さらにアリシュを熱くさせた。

吸われて、舐められ、厚い舌で絡められ、時折その歯で甘噛みをされる。

こんなこと、知らない——アリシュは全身を襲う激しい歓喜に震え、理性など忘れてイヴェルの望むまま、もっとと胸を差し出した。イヴェルは片胸では飽き足らず、平等に両方の胸を撫でて唇で触れる。

「あ、あっ」

知らず、アリシュはイヴェルの腹部に腰を押し付けていた。寝着ははだけ、アリシュの生まれたままの姿がイヴェルの目に晒される。そしてそのまま、アリシュはイヴェルを跨いでいるのだ。その姿がいかにはしたないものなのか、恥じらう前にイヴェルの手がアリシュの腰に触れてさらに揺すりつけてくる。

「姫さま……」

「ん、あっあっ」

下生えが、イヴェルの鍛えられた腹部に絡む。脚がさらに大きく開き、もっと強い刺激を求めてアリシュの腰がうねった。

アリシュは、本当のところ閨《ねや》でのことは何も知らなかった。

女王としてのすべては学んだが、女性として必要なものは本で知識を得る程度である。その本にしても、アリシュの好きなものは少女のための夢物語のようなものであり、本能のままに相手を求めて止まらない衝動など、想像したこともなかった。

イヴェルのせいだ。

イヴェルが悪いと声を震わせて乱れた。アリシュはイヴェルにすべてを教えられ、知らなかったアリシュの欲望を暴かれる。

イヴェルを責めても仕方がないと解っているが、アリシュをこんなにも狂わせる者など他にいない。その容姿が、声が、存在すべてが、女王として理性を保っていたアリシュをおかしくさせる。

きっとアリシュは今、他の誰にも見せられない顔をしているだろう。

はしたなく唇は開き、短い呼吸の合間に乾いた舌を舐め、頬は熱く、感情が乱れて治まらない目には涙が浮かぶ。そして全身で、何かを求めているのだ。

その何かをくれるのは、他の誰でもない。アリシュを乱れさせるイヴェルだけだ。

「もっと舐める?」

「ん、んっなめ、て……っ」

声も乱れて、思考もまとまらない。イヴェルの声だけが、変わらず甘く届く。

麻薬のようにも感じるそれは、もしかして本当に毒なのかもしれない。

アリシュを毒から守ったイヴェルだが、彼の存在そのものが毒だ。そしてアリシュは、もうそれに冒されきってしまい、存在を消すことは出来ない。

イヴェルはアリシュの腰を持ったままゆっくり下へとさがっていった。もっと刺激が欲しかったアリシュは、肌を少し離されただけでもおかしくなりそうで、逃げようとするイヴェルの顔に触れようとする。

しかしイヴェルの顔はアリシュの下腹部にあった。

アリシュは、イヴェルの顔を跨ぐようになっている。

「……ッ!」

「濡れてる」

確かに、濡れているのだろう。充分刺激を受けて、もっとと欲しがったのはアリシュだ。昼間、指でそこに触れられたことは記憶に新しい。しかし見られることなどなかった。見るものではないとも思っていた。

なのに、イヴェルはあっさりとアリシュの秘部に顔を寄せ、アリシュが制止する前に、舌をそこに伸ばしてきた。

「――――ッ」

アリシュの喘ぎは、うまく声にならなかった。

濡れたものを音を立てて吸われて、イヴェルの頭がおかしくなったのかと思う。厚い舌が襞を割り、その奥をじっとりと舐められる。上から見ると、下生えにイヴェルの顔が埋まっていた。

なんてことを――アリシュはこれ以上にないほど動揺したのに、止まることのない刺激に、戻りかけた理性がまた溺れ始める。

「んう、ん、く……っ」

舌で擽られ、あまりに強い刺激に、思わず腰が浮かぶ。けれどイヴェルが、逃げちゃ駄目とその腰を押さえるのだ。それを繰り返し、アリシュはイヴェルの他に誰も見たことのない場所を晒しながら、腰を揺らすことになった。

そしてイヴェルの長い舌は、アリシュの奥へともっと深く入り込む。

そんな場所に侵入されるなんて。アリシュは気づいた瞬間、強い刺激に大きく身体を揺らし、達してしまっていた。

痺れる身体を必死で耐えていたけれど、結局アリシュはもう自分の身体を支える力も残っていなかった。

＊＊＊

寝台に倒れ込んだアリシュを、イヴェルは満足そうに見下ろした。

頬は上気し、胸が大きく上下している。四肢は力なく投げ出され、どんなに身体を絡めても抗うことはないだろう。露わになった胸は小さいながらもつんと立ち上がり、イヴェルが触れるのを震えて待っている。

イヴェルは目を細めた。

達したアリシュは美しい。

そして、もっと乱れさせたくなる何かを持っている。

アリシュが快楽に弱いことはすでに理解していた。耳元で囁くだけで、きっともうイヴェルの腕に倒れ込んでくるだろう。

けれど人前ではそれに必死に耐えているのを見るのも楽しい。

「姫さま、そういえば質問に答えてあげなかったね」

「こたえて……？」

すでに思考がうまくまとまっていないと解るが、イヴェルの声には反応するのが面白い。

「僕が姫さまの、どこに惹かれたのか」

「……どこ？」

目が細まり、眉根が寄る。

さっきまで満足していたアリシュの顔に不安が過るのが解る。イヴェルの答えを気にして、何を言われても大丈夫なように顔を作ろうとしているのだ。それは女王としての反応だった。幼い頃から教え込まれたアリシュにとって、それは条件反射のようなものなのだろう。

アハルが調べている間、イヴェルも城内をうろついて人の噂を聞いた。聞いたと言っても、そのあたりの侍女に微笑みかければ何だって答えてくれるのは解っている。この国のほとんどの女性は、イヴェルの顔に弱い。

それが本当にあの本のせいだとは、イヴェルは苦笑してしまう。

まさか曽祖父の悪行とも言うべきものが、過分な愛に包まれて世に知られ、それが自分の助けになろうとは。イヴェルは想像もしていなかった。きっと家族でさえ思わないだろう。

少女たちに夢を与えるらしい評判の本は、正しく曽祖父のことが書かれてある。詳しくは伝わっていないけれど、突然目の前に現れたとされる異国の少女を、一目見て気に入った曽祖父が力を尽くして手に入れたというのが真実だ。

王族の妻になどなりたくないと拒んだ少女をあの手この手で追い詰めた。確かにいろんな反対もあったようだが、それすら曽祖父は楽しんだと言う。

それを思うと、イヴェルは確かに自分は彼の子孫なのかもしれないと思った。

「一目惚れだよ」

「……え？」

「初めて姫さまを見て、夢中になったんだ」

女王となったアリシュを見た瞬間、自分のものだと気づいた。

何をどうしても、誰が何を言っても自分のものにする。そう決めたから、イヴェルはここにいるのだ。

イヴェルは昔から、欲しいものはすべて手に入れてきた。

欲しいと望んだものは、どんな手を使っても手に入れる。しかしイヴェルにとって、大した努力は必要としなかった。イヴェルは教えられたことは一度で理解し、教えられないことも状況を見るだけで理解出来てしまう子供だった。それがおかしいのだと気づいたときには、すでに自分は周囲と一線を引いていたように思う。

あまりにあっさりとすべてが手に入るので、イヴェルは幼い頃から「欲しい」と思う気持ちが薄れてしまっていた。すぐに手に入ると思えば、あまり欲しいと思わなくなるのだ。

イヴェルの親兄弟は、優秀だと褒めてくれたが、イヴェルにとってはあまりに何もかもが簡単すぎて、何を喜ばれたのか解らないくらいだった。何か自分にとって困難なものがないか、心から望むものがないかと国を出た。

そうしてようやく見つけたものが、アリシュである。

その姿は一瞬でイヴェルを虜にした。美しく清廉な姿。清らかで公正であろうとする態度。それが仮面なのかどうなのか、知りたい気持ちもあった。しかし彼女に近づき注意深く見てみれば、アリシュは女王という仮面を一所懸命に被っていることに気づく。

必死に、誰もが望む女王になろうとしている少女。優しい微笑みの下には、緊張に包まれたものが潜んでいる。それが手に取るように解って、イヴェルは仮面を剝ぎ取りたくなったのだ。

愛に飢えて甘える子供のまま、男を求める淫らな女のように。

それを表に出したら、この清楚ともいえる存在はどうなるのか。その変化が欲しかった。

結婚しなければ手に入らないというのなら、結婚することなど簡単だ。

正直なところ、すぐに飽きて物足りなくなるのかもしれないと思ってもいたが、実際に手で触れ、言葉を交わしてその表情を確かめていても飽きることはない。そのことにイヴェル自身が驚いていた。

アリシュは、女王という責任を必死に背負っていて、女王である資質は誰より兼ね備えている。そしてイヴェルを飽きさせず、常に求めさせるのだ。

やはり、汚してみたい。

この綺麗な存在を、イヴェルという欲望で染めて、落としてみたい。イヴェルに夢中にさせたあとで、絶望に染まる顔が見たい。

きっとそうなれば、もうアリシュは絶対にイヴェルから逃れられないだろう。

可哀想に。

イヴェルはそう思いながら、自分がどれほどそれを楽しみにしているのか、自覚もしていた。この存在に出会えたことが、どれほど素晴らしいことなのか、きっとアリシュは理解出来ないだろう。だが理解などしなくて構わない。一生、イヴェルに染まっていればいいのだ。そのためなら、イヴェルはどんなことでもやるだろう。

目を瞬かせて、イヴェルの言葉を聞き返そうとしているアリシュの綺麗な脚を開き、その間に顔を埋めた。

「あ……ッ」

「もっとだよ姫さま」

「あ、ん、んっ」

甘い蜜が溢れてくるのを、もっと奥から掻きだしてやりたくなる。絶えることなく舐めて、口を使って何度も責めると、アリシュは堪えきれなくなったように身体を震わせ、その柔らかい両脚でイヴェルの顔を挟み込んでくる。その手がイヴェルの髪に伸びて、震えながら絡めてきた。

貪欲に次の快楽を求めるアリシュを見るのが、イヴェルは楽しい。もっといろんなことをしてやりたくなる。もっと狂わせてしまいたくなる。

自分だけだ。

こんなことをするのはイヴェルだけ。そして、イヴェルに何かをするのもアリシュだけという独占欲を覚えればいい。

その瞬間は、アリシュは女王などではない。

あの澄ました笑顔など剝ぎ取り、色香を惜しみなく溢れさせ、色欲に溺れさせる。世界はイヴェルだけで埋まる。もっともっと、イヴェルに染まってしまえばいい。

そうすれば、その先がさらに楽しくなるだろう。

イヴェルは溢れ出す蜜の中にゆっくりと指を挿れた。

「あ、あぁっ」

固く閉じているのに、恐ろしく柔らかくて濡れている。

ここにもう挿れてしまいたい。イヴェルのすべてで犯してしまいたい。

イヴェルは自分の欲求が首を擡《もた》げるのに気づいていたが、笑顔でそれを抑え込み、ゆっくりと指の一本だけを入り口で押しとどめる。

物事には順序があるのだ。

「姫さま、もっと撫でたいな……」

どこをとも何をとも言わない。

しかしアリシュは理解しているはずだ。イヴェルの手を拒むことなく、震える身体は期待の表れだ。

そのふちでくるりと指を回し、少しだけ押し入れてはまた引く。

「あ、んっ」

ああ突っ込みたい。

イヴェルは想像するだけで込み上げてくる愉悦の笑みを抑えながら、指先だけの感覚に満足しているように装い囁いた。

「明日は、もう少し奥まで撫でるよ……だから今日は、ここまで」

ね、と微笑むと、アリシュは苦しそうな顔で首を振る。

もっと、と強請っているのは腰の動きでも解る。ここで犯すことは簡単だ。しかし、時間をかけたほうが面白いのも解っている。

「あ、あっあぁんっ」

アリシュに指を挿れたまま、イヴェルはその芯を舌で捕らえてきつく吸い上げた。その瞬間、アリシュはまた達した。

びくびくと震える身体を落ち着かせるように掌で撫でて、また抱きしめてやるとアリシュはそのまま眠りに落ちた。

背中を撫でてやると、アリシュは落ちるのが早い。その意味について想像すると、幼い頃から何を我慢してきたのかがよく解る。アリシュは女王として、いろいろなものを諦めてきたのだろう。しかしイヴェルは我慢するつもりはない。欲しいものを欲しいように奪う。

やはり曾祖父の血を確かに継いでいるのだなと、イヴェルは笑いながらアリシュを抱きしめた。

アリシュの身体を綺麗に拭いて、何事もなかったようにしたものの、今日も裸のままで布団をかけて窓から出て行く。

何もなかったわけではない。人からは見えない内股に思い切り痕を残してきた。

柔らかな白い肌は、想像以上にイヴェルにぴったりと吸い付いて放さないのだ。白いからか、強く吸えばそれだけで痕が残る。

さてそれに気づくのはアリシュか侍女か――考えて笑ったところで、イヴェルの部屋にアハルが戻ってきた。

「イヴェル様。お顔が」

「気にするな。誰も見ていない」

アハルが見ているが、見慣れているものが見ても今更だろう。

アハルには、イヴェルよりもこの国の深いところを探ってもらっていた。異国の地であってもアハルの情報収集能力は素晴らしいものだ。

「それで？　何か起こったか」

「毒を茶葉に仕込んだのはおそらくオグム家の者。エラ様の手の者ですね」

「へぇ。僕を送り込んでおいて、なお仕掛けるのか」

よほど女王の座が欲しいようだ。感心していると、アハルは淡々と続ける。

「オグム家の家長であるソロ様も大人しくしてはいらっしゃらない様子。近々、何かを仕掛けてくるでしょう」

「実力行使か？」

「おそらくは」

「ふぅん……ダルファンも、弱い男ではないんだろうがなぁ」

「彼は強いのでしょう――正規の試合では」

「だろうな」

アリシュの警護を担当する護衛のダルファンは悪い男でもない。アリシュを思いすぎるあまり、強情なのだ。それなのに自身の判断を疑わず、警備も一辺倒になっている。これではどうかこの隙を突いてくださいと言わんばかりだ。

「彼らがしていることが保険なのか、僕が保険なのか……そんなに女王の位が欲しいものかな」

「ソロと言う男は、昔から権力欲が強く、彼の息子がアリシュ様の叔母を娶《めと》ったときも、王族の一員になったと態度を大きくしていたとか」

「へぇ。争いもなく、平和な国だと思っていたけど」

事実、アリシュはそう思っているのだろう。

まだ政務をすべてひとりではこなせず、補佐である宰相や他の権力者の力を借りての女王だ。いずれ立派な女王に、と思われているのだろうが、イヴェルは鼻で笑った。

整った顔でそうして笑うと、軽蔑している顔がより酷薄になり恐ろしく怖い。

綺麗なものだけを見せて、教え、美しくあるだけの優しい女王。

それはいったい何をする君主なのか。イヴェルは王というものがどれほどの激務で、暗い仕事なのかをよく知っている。そして王道を貫き通すには、半端な精神力ではまかり通らない。今のアリシュでは、きっとすぐに潰れてしまうだろう。

「この国の人は、みんな甘いものだけを求めているのかな」

そうだとしたら、アリシュを女王などという役割から引きずりおろし、一緒に旅に出るのもいい。きっと楽しい。イヴェルがこの新しい思いつきを、これはなかなかいい考えだと満足して目を細めていると、アハルがそれに水を差すように口を挟んだ。

「兄上様にご連絡いたしました。おそらく、ご結婚式には間に合うかと思われます」

「……知らせたのか」

「お知らせせねば、後で怒られましょう。特に弟君のゼイン様には」

「……うーん、あの子はどうしてあんな子になったんだろうな」

不思議でならない。ゼインとはイヴェルの五つ下の、唯一の弟だ。何故か生まれたときからイヴェルを神か何かのように神聖視していて、慕われて嬉しくないわけではないが、居心地の悪いものが背中に残る。イヴェルは六人兄弟であり、他の四人の兄たちはイヴェルよりも癖があり、そして揃って家族想いという難もある。自由でいたいイヴェルには枷のようなものだ。イヴェルも確かに家族を想っているが、それとこれとは別である。

「おそらく、兄君たちのほうに悪いものがすべて移り、残った善いものだけでお産まれになったのかと」

「ひどいアハル！　兄上に言っておくからな。従者がひどい、と」

「ご自由に」

結婚式まではサリークに情報が伝わることはないだろうと思っていたが、遅かったようだ。

独自の伝手を持つアハルのことだ。アハルが来ると言うなら、本当に誰かが来るだろう。

それも計画の中に組み入れて、イヴェルはさて誰が来るのかと、残りの四人の兄たちを思い浮かべていた。

# 6章

イヴェルが来てから、アリシュの日常は少しだけ変化した。

結婚式の日が迫り、周囲はその準備で慌ただしくなっている。しかしアリシュはいつものように政務に忙しいし、イヴェルもこれまでどおり飄々《ひょうひょう》とした態度で、綺麗な微笑みを惜しげもなく振りまき、視線を集めている。

注目されているのに慣れているのか、それをまったく気にしないのだ。リュンから聞いた話では、城内のものたちは皆、イヴェルが二度目の求婚をしたのを知っているという。アリシュはその事実を知っただけでも、もう一度倒れるかと思った。

傍で見ていただけの侍女たちでさえ、平常心ではいられなかったのだから、アリシュは悪くない。イヴェルの姿であの言葉を口にされたら誰だって倒れたくなる。

そんな騒動を起こしているというのに、イヴェルはまったく変わりなく、朝起きるとアリシュと朝食を食べ、一緒に朝議に出る。必要ないと言うのに、大臣や有力華族たちと顔を合わせて、しかし何を言うでもなく傍に控えているのだ。

　これでは本当に、ペットを連れて歩いているようなものだわ。

　アリシュは常に気を張っているものの、他の誰も何も言わないし、護衛のダルファンもイヴェルを睨みつけるだけで追い出そうとはしない。咎める者もいないので、イヴェルの存在は認められているようだが、もしかしたら、いない者として扱われているのかもと思い直す。

　けれど空気のようだと思うには存在感がありすぎる。皆必死で意識を逸らしているのだとしたら、彼らも緊張していて、アリシュはそれにつられているのかもしれない。

　イヴェルはただのペットにもなれないのだとアリシュは内心息を吐いた。

　朝議の後、アリシュは執務室で仕事をしているが、イヴェルは時折その手元を覗き込みはするものの邪魔はしない。アリシュに用意されるお茶も、毎回毒見をされて出されるようになったので、イヴェルが何かをすることもない。

　そしてお茶の後は、イヴェルと庭を散歩するのだ。いつものように一回りして、執務に戻る。その後はイヴェルはどこへ行くのか、ふらりとアリシュの傍を離れる。そうして夕食の頃に戻り一緒に食事をし、やはり夜になって人知れずアリシュの部屋へ訪れる。

　あの日以来、アリシュは東屋で休憩するのを避けていた。

　あのときは触れるだけだった。しかし、アリシュはもう触れるだけでは我慢が出来ないのだ。

それ以上を求めて、何も考えられなくなるまで溺れてしまいたい。そしてそうするには、東屋では場所が悪い。離れているとはいえ護衛もいるし、その後は執務に戻らなければならない。しかし夜が来れば、イヴェルが現れて前の日よりもっと深いところまでアリシュを溺れさせてくれるのだ。

アリシュは夜が待ち遠しかった。

何故か翌朝はひとりで、そして裸で眠っているのだが、その理由をまだアリシュは聞けていない。

なにしろ、夜はイヴェルに触れることしか考えられなくなり、イヴェルの肌を貪り、その手や唇に溺れ、果てることなくのぼりつめてしまうからだ。そうして気づけばいつも朝になっている。寝台以外の場所でイヴェルと会うのは他の者の目があるところばかりで、まさかその場でどうして裸にするのかなどと聞けるわけもない。

誰も、アリシュが夜ごと乱れていることなど知りはしないだろう。

イヴェルはいつも突然に現れる。今日こそ窓から入ってくる姿を見てやろうと思うのだが、アリシュが何かに気を取られた瞬間に、すでに部屋に入っているのだ。

どこか壁に穴でもあいているのかと自分の部屋を何度も探ったが、そんなものはない。どうやってかイヴェルは警護の目をすり抜けていつの間にか現れ、アリシュをその腕の中で溺れさせ、狂わせて去っていく。

これ以上こんなことを続けられると、アリシュは参ってしまいそうだった。

それもこれも、あと一歩が踏み出せないせいだ。

アリシュは連日繰り返される出来事を怒りとともに思い出した。

もう寝台の上で寝着を脱ぎ、裸になることをアリシュは厭《いと》わない。脱がされて、その身体をくまなく見られても、大きく胸が上下するくらいに興奮するものになっていた。その手で触れられ、その舌に舐められると思うとすぐに身体を差し出したくなる。

イヴェルは毎日少しずつ、ゆっくりとアリシュを侵食していき、最初は指の先だけだったものが今はかなり奥まで潜り込んでいる。痛みを感じることはなく、恐ろしい快感だけが残った。

彼の探る場所が子供を産む場所だと知っているが、イヴェルの指が収まるだけでこんなにも感じてしまう。それを恥ずかしく思うのはいつも最初だけで、次第に夢中になり、もっと深くまで貫いて欲しいと強請るようになっていた。

それが何を意味するのか、もうアリシュも理解している。はだけるだけのイヴェルの服のその内側に、何が隠されているのか。それがアリシュをどんなに乱れさせるのか。

イヴェルが同じようにおかしくなればいい。その顔が見たいとアリシュは全身を使って圧し掛かってみるが、すぐに自分の快楽に嵌まり込んで解らなくなってしまう。

イヴェルが優しすぎるのが良くない。アリシュがこれ以上の繋がりを望んでいるのを解っているくせに、イヴェルは舌と指を使ってアリシュに絶頂を覚えさせるばかりで、それ以上には至らない。アリシュの頭がぼうっとなったところで大きな腕で抱かれ、まるで子供のようにあやされるのだ。

それがどれほど気持ち良いか。きっとイヴェルは解ってしまっているのだろう。彼に抱かれていると、幼い頃、眠る前に母か父に抱いてもらったおぼろげな記憶がよみがえる。両親を亡くして以来、誰からもそんなことをしてもらえなかった。女王になる者は、そんな子供のようなことは強請らないものだと教えられ、アリシュは我慢していた。我慢出来ているのだと思っていた。

それはイヴェルに抱かれるまで気づくことさえなかった、幼いアリシュの願いだったのだ。

あまりに心地良くて、いつも目を閉じてうっとりとしてしまう。そしてそのまま眠ってしまうのだ。それから目が覚めると、イヴェルの姿はどこにもない。

結婚もしていない女王の部屋に、伴侶候補とはいえ男が朝までいることなどありえないのだから当然かもしれない。それでも、あれほど濃密な時間を過ごしたあとでひとりにされてしまうと、この夜を知らなかった頃よりひどく虚しくなってしまうのだ。

イヴェルにも、もっと気持ちよくなってもらい、アリシュと同じようにおかしくなってしまえばこれからもずっと傍にいてくれるのではないか。そして完全にひとつに結ばれてしまえば……。

はしたない。結婚前の女性の考えることではない。それでも、アリシュはイヴェルを知らなかった頃には戻れない。彼は、一度知ってしまうと、簡単に後戻りなど出来ないほどの魅力を持った、ある種の麻薬のようなものなのだ。

アリシュはイヴェルに溺れていた。

女王の座を他の人に譲ってしまってもいいと考えてしまうくらいに。

昼間、イヴェルが傍にいながらアリシュの顔が不機嫌になってしまうのは、そう思ってしまう自分を心底嫌悪しているせいでもある。

「どうしたの姫さま」

解っているくせに。

今日も美しい笑顔で問いかけてくるイヴェルが憎らしい。

日課となった彼との散歩も、イヴェルの傍にいられることが嬉しいのに、触れられないのがもどかしい。

早くふたりきりになりたい。

そうしてアリシュは、今日も早く夜が来て欲しいと望むのだ。

いやそれより、結婚してしまいたい。そうすれば、昼も夜ももっと濃密な時間になるだろう。

アリシュはそんなことを閃《ひらめ》いた自分を素晴らしく感じた。

出会ってから二週間なんて、長いくらいだ。早く結婚したいと言ったイヴェルが正しい。

指折り数える日が長すぎて堪らなかった。

「姫さま？」

もう結婚しましょうと言いたくなる気持ちを必死で抑えていると、庭先から歩いてくる一団に気づいた。

女王の散歩中は、あまり他の人を見かけたことはない。護衛たちが遠ざけてくれているからだが、相手を見てアリシュは合点がいった。従妹のエラが友人たちと散策していたのだ。

彼女は止められないだろう。オグム家は古くからある華族であり、家長のソロの力は朝議の中でも強い。女王候補として一緒に学んでいた彼女が途中でいなくなったことは不思議に思っていたが、あのまま一緒に勉強を続けていた場合、エラが女王となっても不思議はなかったとアリシュがよく解っている。

イヴェルにのぼせている場合ではなかった。こんなに周りが見えなくなっているなんて。ひとりの女性としてならともかく、アリシュは女王なのだ。色恋でおかしくなっている場合ではないと、アリシュは表情を改めた。

「……あら、女王陛下。ごきげんよう」

「エラ、お久しぶりですね」

女王の即位式のときにも挨拶はなかった。姿を見かけたが、ソロのそばに控えていただけである。言葉を交わすのは本当に久しぶりだとアリシュは感じた。

彼女は相変わらず愛らしい。少し癖のあるその黒髪は、今は魅力的に編まれていて、まとめにくい直毛のアリシュとは違って華やかな印象を与える。周囲にいる友人の女性たちや侍女たちも似たように編み込みをしているのを見ると、きっと仲が良いのだろう。

アリシュにはそんなふうに髪を編んでくれる友人はいない。ひとりで覚えることが多すぎて、仲の良い友人などつくる暇もなかった。

エラの立場を少し羨《うらや》ましくも感じたが、それでもアリシュは女王になると決めてそのとおりなったのだ。不満などあるはずがない。

エラはアリシュに挨拶をしながらも、視線はアリシュの隣に向けられていた。周囲の女性たちも同じだ。それを見て、やはりイヴェルの容姿は目を引くのだと否応なしに思い知らされる。

「まぁ、そちらが女王陛下のお噂の？」

「噂？」

「国中でもう知らぬ者などいませんわ。女王陛下が麗しい王子に夢中で、いつも傍から離さないのだと」

綺麗に微笑む彼女たちの囃《はや》し立てる声に、アリシュの背中がひやりとした。

そんなふうに思われるのももっともだ。イヴェルは一日のほとんどをアリシュと共に過ごす。けれど夜のことは知られていないだろう。

外から見ておかしなことはないと思っていても、こうして他から教えられると、女王として正しい振る舞いになっているのかどうなのか、特にエラに言われると狼狽えてしまう。

しかしそれを悟らせるわけにはいかないと、いつもの笑みを浮かべて頷いた。

「ええ。イヴェルには早くこちらのことを知ってもらおうと、いろいろなものを見ていただいています。私と同じように、この国を愛して欲しいので」

「まぁ、では私たちのお茶席にいらっしゃいませんか？　イヴェル王子」

「え？」

エラの突然の申し出に、アリシュはつい驚いてしまった。

「いろいろなことをお知りになりたいのでしょう？　私たちの話す国の行く末についても、お耳にいれて欲しいんですの。もちろん、女王陛下はお忙しいでしょうから、代わりにイヴェル王子に」

にこりと愛らしく微笑むエラに、アリシュの表情が固まった。

そんなこと、出来ない。

イヴェルが彼女たちと一緒にいるところなど、想像もしたくない。きっと皆が、イヴェルに夢中になるだろう。そしてイヴェルも愛らしいエラに惹かれるかもしれない。

そうなったら、私はどうなるの？　どうするの、とアリシュは自問してしまうが、答えなどない。けれど女王としての答えは決まってしまっているのだ。

鷹揚に、慌てず、驚かず、威厳をもって優しく答える。

「イヴェルがそれでよいのであれば構いません。彼がこの国についてもっと興味を持ってくれるのなら、私に異論はありません……イヴェル」

そのイヴェルに問うような視線を向けると、少し高い位置からすでに視線が向けられていた。

褐色の肌に、金色の髪、真っ青な瞳。なんて綺麗な人なんだろうとアリシュはいつも思う。こんなにも美しい造形は、国一番の職人でも作り上げられないに違いない。

イヴェルはアリシュを見つめたまま、にこりと笑った。

「行ってもいいの？」

この答えが、最後の決断になるだろう。ここで否と言えば、イヴェルは行かない。しかし、女王として、まだ王配ではない相手の意思を縛ることなど出来ない。

「構いません」

イヴェルはアリシュの想いを読み取ろうと、澄んだ青い瞳でじっと見つめた後で、目を細めた。

「姫さまがいいなら」

「……そう」

「では、あちらへ。お茶席をご用意しております」

呆気ないアリシュの頷きの後に、エラが喜んでイヴェルを誘う。そして周囲の女性たちも控えめに嬌声を上げ、嬉しそうに笑った。

それはそうだろう。イヴェルの傍にいられる。イヴェルの顔を見つめられる。それがどんなに得がたく幸せなことなのか、アリシュが一番よく解っている。

一歩足を踏み出したイヴェルに、エラたちが急かすように手を伸ばす。イヴェルは振り返りもせず、彼女たちについて行く。その様子を見て、それまで控えているだけだったダルファンがぽつりと声を漏らした。

「女王陛下の傍を離れるなど、何を考えているのか。主人が誰だか解るように、首輪でもつけていればよいのだ」

イヴェルを軽視するなと言ってあるのに、仕方のない。

アリシュはそう思いながらも彼を諌めなかった。ダルファンも、イヴェルがアリシュのペットのようだと思っているのが解ったからだ。

確かに、政務に口を挟まず、ただアリシュを癒やすだけの存在が王配として最適だった。その点、イヴェルはまったく申し分ない伴侶といえる。美しすぎて、他の者の目も引いてしまうという点を除いては。

アリシュがまた考え込んでいると、まだダルファンの声が届く位置だったのか、イヴェルは女性たちの輪の中から振り返り、嬉しそうに笑った。

「姫さま、僕の首輪は何色？」

そんなもの限られている。イヴェルにつけるのだから、下品な色は駄目だ。その褐色の肌に合うものがいい。生成りの衣装にも映えるような、一目でアリシュのものと解る、金の髪を強調するような――

アリシュの頭の中にその妄想が一瞬で広がり、しかし周囲の驚愕に気づいて自分も我に返った。

いったい何を言っているの！

本当にペットとして躾けてやりたくなる。イヴェルに夢中な様子の周囲の女性たちも驚いたようにこちらを見ていた。しかしイヴェルはまったく気にとめた様子もなく、アリシュの答えを待っている。

本当の気持ちを答えるわけにもいかない。アリシュの望みを口にしたら、女王として相応しくない発言だと責められてしまうだろう。イヴェルの言葉などまるで気にしていないというふうに、本当にペットの相手をする主人のように、広い心で相手をしなければイヴェルにはついていけないのだ。

「……そうですね、考えておきます」

「作っておいて。楽しみにしてるから」

イヴェルは本当に、誰の前でもイヴェルだった。

この場で誰よりも嬉しそうで、平静を保っている。自分の言葉がどう思われるかなど、まったく気にしていない。

その自由さが、アリシュには羨ましく、それを向けられることが嬉しかった。

「少しひとりになりたいの」

アリシュはダルファンたちにそう伝え、庭の奥にある東屋の椅子に座った。

腰板が高く周囲からの視線は遮られる。ひとりきりだ。以前ここに座ったときは、イヴェルが一緒だった。毎夜の抱擁がいくら激しいものになっても、この場でのことは忘れることは出来ないだろう。

アリシュは胸元から手鏡を取り出し、そっと撫でた。

それがイヴェルの代わりになるかのように、愛おしくなって何度も指でなぞる。

本から抜け出てきたような、金の騎士の姿なのに、中身はとんでもなくおかしい王子。

あれがアリシュの王子だ。アリシュを望み、アリシュのことだけを考えているアリシュのペット。

イヴェルの存在は、アリシュを女王の重責から逃してくれる。予想外のことばかり口にして、破天荒にも思えるほど自由でいる。敷かれた道を行くことしか出来ないアリシュには、存在だけで眩しく感じる。同じようにしようとは思わないけれど、アリシュの欲しかったものを与えてくれる。イヴェルはそれが出来る、大事な存在だ。

女王だから手に入ったというのなら、やはり女王になってよかったとアリシュは思った。

気づけば結婚式は明後日だ。

このまま、あっという間に時間が経ち、そしてアリシュはもっと幸せになるのだろう。

アリシュは、女王としても女性としても、本当に恵まれていると感じていた。

その安堵の吐息を止めるように、大きな声と激しいぶつかりあいの音が聞こえたのは、そのときだ。

「女王陛下！」

「待て！　何者だ！」

一際大きな声はダルファンのものだ。焦ったような声が他からもあがる。そして聞き違えようもない、剣の交わる音。アリシュは驚き、躊躇いながらも東屋の入り口から外へ顔を覗かせた。

「女王陛下！　お逃げください！」

無茶を言う。その場で繰り広げられていたのは、明らかに侵入者と解る者たちと護衛たちとの攻防戦だった。

激しい剣戟《けんげき》がいたるところで起こっている。よく見れば襲撃者の数のほうが多い。これではいずれアリシュも巻き込まれてしまうだろう。いや、アリシュを狙ってのことなのだ。だからこそ襲撃者はこちらへ向かってこようとしている。

「――」

アリシュは呼吸も忘れるほど動揺した。

こんなことは、想像もしていなかった。毎日誰かに護られていたし、お茶に毒を入れられたりもしたが、今の今まで、誰かにはっきりと殺意を向けられたことがなかった。

そしてこの戦いの中を抜けて、ひとり逃げ出すすべなどアリシュは持ち合わせていない。まだ東屋まで誰も辿り着いていないが、ここにいてはあっという間に囲まれて逃げ場を塞がれてしまうだろう。次々と襲いかかる敵の剣をかわし、必死にアリシュまで辿り着こうとしているダルファンを見つけるが、こちらから向こうへ近づくことなど出来ない。

何を、どうしたら――一番良いのか。逃げたい。でも彼らを置いて逃げられない。けれど護衛が戦っているのは、アリシュがいるからだ。アリシュがいなくなれば、護衛ももっと楽になるはず。

躊躇ったのはほんの少しの時間だった。しかし護衛の隙をつき、襲撃者がアリシュのもとに駆け寄るには充分な時間だった。

「女王陛下！」

悲鳴にも似たダルファンの怒声が響く。

それにびくりと身体が竦み、掌にあった手鏡が落ちて外へと転がった。

壊れてしまったかも――

アリシュは一瞬でも気を抜いた自分が許せなくて、慌ててそれを拾おうと咄嗟に東屋から一歩外へ出る。

「出ないで下さい！」

しかし、ダルファンの鋭い制止の声に、アリシュは自分がどんな状況にあるかを思い出した。

黒ずくめの襲撃者の目は、まっすぐアリシュに向けられ、鋭く光っていた。それと同じくらい、手にした剣も研ぎ澄まされていた。

ああ、これで終わりなの――きっと動くことも出来ず殺されていく様を彼らに見せてしまうのだ。それがとても残念でならない。これまでずっと守ってくれていたのに。幼いアリシュを、大事にしてくれていたダルファンたち。女王というだけで命を賭けてくれた護衛たちに、その無念さを味わわせてしまうのだ。

ごめんなさい。

アリシュは誰に謝るでもなく、それでも最後の瞬間まで目を閉じることはしまいと、自分に振り下ろされる剣を見つめた。

ただ、拾いあげることの出来た手鏡が手の内にある。それに少しだけ満足して、そのときを待った。が、その切っ先が振り下ろされることはなかった。

「――ッうぐぁっ」

苦しそうな悲鳴を上げて、アリシュに向かってきた男が横へ吹き飛ぶ。

何が、と思った瞬間には、アリシュの前に美しい金色が輝いていた。

「誰に剣を向けているのかな」

にこりと笑うその姿は、今一瞬見えた荒事などまったく感じさせない余裕があった。

いきなり現れたイヴェルに、誰もが驚いたに違いない。襲撃者にしろ、護衛たちにしろだ。庭の向こう、ここで争っている声など聞こえないであろう場所で、愛らしい女性たちとお茶を飲み、寛いでいたはずだ。

いったいどうして、どうやって。アリシュは襲撃されたときと同じくらい驚き、疑問が湧いた。

「うまく隙をついたつもりだろうけど、甘いなぁ。姫さまに傷をつけさせるわけないだろう？」

普段とまったく変わらない声で、今日の茶葉を決めるかのような軽い口調のイヴェルだが、その動きは目を瞠《みは》るものだった。

隙を見て襲いかかる襲撃者を、イヴェルは武器も持たずにかわし、流れるような動きで地面に叩きつける。

混乱の中、イヴェルの従者であるアハルも一緒になって戦っているのが見えた。ダルファンは仲間がふたり増えたことにより、自分の相手を切り伏せアリシュに駆け寄った。

「女王陛下、お怪我は！」

「……ないわ」

ダルファンの問いかけに反射的に答え、視線は舞うように戦うイヴェルから離れない。

こんなに強いなんて、聞いてない。イヴェルは砂と草原の国サリークの王子のはずだ。王子というなら、護衛を多く引きつれているのが当然である。護られることも王族の務めだからだ。

だというのに、目の前の王子は、この場にいる誰より強いのだとアリシュでも解った。武器を持たず、剣を掲げる相手に一歩も引くことなく、武器をはたき落とし地に叩き伏せる。その早さにも驚いた。

やがて立っている襲撃者が残りわずかになり、彼らは状況を確認するなり、現れた場所、庭の奥へ逃げ去ろうとする。

「追え！」

ダルファンの鋭い声に、数人の護衛や騒ぎに集まった兵士が従い、追いかける。地に伏して動けなくなった襲撃者は、すぐさま捕らえられた。

イヴェルはその様子を見渡して、乱れてもいない衣装を正し、アリシュのもとへと歩いてくる。

「姫さま、大丈夫？」

それはこっちが聞きたい。アリシュは喉が凍りついてしまったかと思った。

驚きすぎて、何が起こったのか頭が理解しきれていない。うまくまとまらず、女王としての立場も揺れて、今にも崩れてしまいそうだった。

「部屋に帰ろうか」

イヴェルの促した手を、アリシュは拒むことは出来なかった。

今のアリシュに必要なのは、落ち着くことだったからだ。


私室に戻ると、事情を聞いたリュンが慌てて迎え入れ、寝椅子へ座らせてくれる。その隣には当然とばかりにイヴェルが座った。アリシュの手はまた繋がれていたが、それを振りほどくことなど念頭にない。

リュンが落ち着かれるようにとお茶の用意をするため部屋を出ると、イヴェルが声をかけてくる。

「姫さま怪我はしてない？」

小さく頷くだけの返事だったが、イヴェルは頷いた。

そして嬉しそうにアリシュの手に唇を触れさせる。その仕草ももう慣れたものだ。

「……イヴェル」

「なぁに姫さま」

ようやく声が出るようになったものの、震えは抑えられなかった。

「強い、のですね」

「だって姫さまのペットだもの。姫さまを守るのも仕事だよ」

やはりペットなのか。アリシュは何が「だって」なのか、繋がりはまったく解らなかったけれど、イヴェルが本当に強いことだけは解った。

武器も持たず、次々と襲撃者を倒していく姿が脳裏に焼き付いている。サリークの王子でありながら、従者がたったひとりだったイヴェル。自身があれだけの強さを持っているのなら、それも納得出来た。

それでも、アリシュは驚いていた。

自分の命が狙われていたことに、である。

いったいどうしてそんなことになっているのだろう。アリシュは父王が亡くなったばかりの幼い頃から、女王になるために教育されてきた。誰よりも、国と国民のことを考えるよう教え込まれ、今日までそれが正しいと思っていたのだ。

確かに周囲の手を借りてはいたが、アリシュは自分でも最大限の努力をしてきたと思っている。周囲の意思を尊重しなかったことなどない。ただひたすら、誰もが誇れる女王になりたいという一心で努めてきたはずだ。

それなのに、自分の何がいけなかったのか。

アリシュの命を狙うほど、誰がそんな憎しみを抱いているのか。

自分の立っていたはずの足下が、ひどくぐらついている気がした。

「姫さま」

アリシュの耳に、いつもより強い響きのイヴェルの声が届いた。

まだぼんやりとした視線を向けると、すぐ傍でイヴェルがアリシュを見つめている。

「姫さまは、女王だよ。誰よりも可愛い、僕の女王さまだ。姫さまが思うことに、迷いはいらない。だって僕がついているからね。いつだって正しい。間違ってないんだよ」

「……ほんとうに？」

まるで子供が聞いているようだ。

力ないアリシュの問いかけに、イヴェルがアリシュを魅了する笑みを浮かべた。

いつでも、この美しさが損なわれることはない。強さを証明した今でも、イヴェルはアリシュの心の中の一番を占める存在なのだ。

「僕は嘘は言わないよ。だって姫さまが好きだからね。僕はいつでも姫さまの味方。姫さまが嫌いなやつがいたら言って？　僕がそいつの喉元を咬み切ってあげる」

極上の笑みを浮かべたイヴェルだが、アリシュは一瞬遅れてその言葉を理解し、目を瞬かせる。

冗談、よね。

イヴェルが言うと、何でも本当にしてしまいそうで怖い。だがそれよりも、アリシュを肯定する言葉がすとんと心に届いた。

本当に、私、イヴェルに染まってしまった。

アリシュはゆっくりと冷静さを取り戻しているのに気づき、握られたままだった手に自分から力を込めた。

「……ありがとう、イヴェル」

「いいんだ。それで、誰を咬み切る？」

そうじゃない！

にこりと笑いながら怖いことを口にするイヴェルにどこか真剣さを感じてアリシュは急いで首を振る。

「でもこれは駄目」

「え」

目を瞬かせたその隙に、イヴェルはずっとアリシュが持ったままだった手鏡を取り上げた。

その縁が少し欠けているのを見つけて、アリシュは悲しくなる。自分がちゃんと持っていなかったからだと後悔するが、イヴェルは手鏡を玩《もてあそ》ぶように振った。

「こんなものひとつ、姫さまの命と交換は出来ないよ？　何を考えてこんなものを拾いに行ったの」

イヴェルはアリシュが手鏡を追って襲撃者の前に出てしまったことを見ていたらしい。確かに軽率だったとは思うが、後悔はなかった。追いかけないという選択肢はアリシュの中にはなかった。

だがイヴェルは違うようだ。玩んでいた手鏡を、ぽい、と床に落とす。

「あっ⁉」

敷物の上だったおかげで大きな音は立たなかったものの、またどこか壊れてしまったかもしれない。アリシュは焦ってもう一度拾おうとするが、イヴェルに手を摑まれて阻まれる。

「イヴェル！　なんということを！」

「それはこっちの台詞だよ姫さま？　手鏡が欲しいなら、もっといいものをあげるよ」

「そうではなく！」

アリシュはイヴェルの手から逃れ、床に落とされたままの手鏡を拾おうとふたたび手を伸ばすが、彼の制止は強かった。

「イヴェル、放して、拾わなくては」

「姫さまの命を脅かすものはなにひとついらないいんだよ」

「いらなくありません！」

イヴェルの断言に、アリシュも張り合うように声を荒らげた。その目にじわりと感情が浮かんで濡れているのが解る。

これでは子供の癇癪のようだわ。

そう思ったが、一度荒ぶった心はなかなか落ち着かない。

アリシュは真正面から美しい顔と対面し、怯むことなく目を合わせた。

見つめるだけで我を忘れそうな美しい青年だが、これだけは譲れないと気持ちを強くして手を握り締めた。

「……また他のをあげるのに」

「これがいいんです」

他では代わりにならない。

イヴェルは、まだ理解できないという表情をしていたが、少し手を緩めた。その隙にアリシュは身を乗り出して手鏡を拾う。壊れていないかを確かめ、東屋で落としたときに欠けた部分を見つめて眉根を寄せる。

まるで自分が傷ついたかのように辛かった。

イヴェルがそれを不思議そうに見ているのに気づく。アリシュは自分の気持ちを落ち着けるように深呼吸し、手鏡を両手で大切に持った。

「これの代わりなどありません。私はこれがいいんです――イヴェル、貴方からいただいたものだから」

「……だからまた他のをあげるよ？」

「他にいただいたら、それはそれで大切にいたします。でも、これは初めていただいたものです。他のものは代わりになどなりません」

修復出来るかしら、とアリシュは国一番の職人に頼んでみようと考えた。

そこで、イヴェルが珍しく不服そうな顔をしているのに気づき、アリシュはこの気持ちがどうやったら伝わるかと思案する。

そのとき、騒動を収拾していたセチャンがダルファンと共に部屋へ入って来た。お茶のしたくをしたリュンも一緒だ。

「女王陛下、お怪我は？」

「大丈夫よ」

アリシュは、心配そうに全身を見るセチャンに頷いた。ダルファンはまた顔を顰めているが、それはアリシュの傍にイヴェルがいるからだろう。いつものことだと気にしないことにした。

つまり、過保護なのよね。

アリシュはダルファンの気持ちを理解して、しかしそれを指摘したからといって彼の気が休まるものでもないのだろうと諦める。リュンの淹れてくれた温かなお茶で喉を潤し、ほっと一息つく。自分はもう安全だと一心地ついたところで、ダルファンが頭を下げた。

「襲撃者たちは幾人か逃がしてしまいました。申し訳ありません」

「いいの。私は怪我ひとつないわ。そもそも、警備の薄い場所へ行った私も悪いのだもの。ダルファン、いつもありがとう」

「そんな、女王陛下をお守りするのは私の使命です！」

簡易なお礼だというのに喜びを隠しきれない様子のダルファンに、本当に感情がそのまま出る人だなと改めて思う。

「それでも助けられているもの。それで、誰が私を狙っているのかしら」

「取り押さえた者たちを、今調べております。雇われた者たちのようですが、すぐに首謀者を突き止め、確保に向かいます」

「解ったわ」

後は頷いて、彼らに任せるしかない。アリシュには自分を守る力すらないのだ。

「お疲れでしょう。今日はもうお休みになってください」

セチャンの申し出に、アリシュは躊躇った。一日仕事を休めば、その分次の日に多くやらねばならなくなる。けれどセチャンはそのことも理解しているのか、頷いて答える。隣りでリュンも同意するよう頷いていた。

「もともと、婚礼前ということで仕事を調整しております。明日は婚礼用の衣装合わせや、段取りの調整で、もともと通常の政務をしている場合ではございません。本日はお休みいただき、明日に備えていただかなくては」

「そう……そうね」

簡単に口にするが、この急な結婚式がどれほど大変なことなのか、アリシュにも解っている。通常より城内に人の数が増えているのは知っていた。戴冠式より華やかなものにしようと調度品なども腕によりをかけて磨かれ、一流の職人たちが寝る間を惜しんでアリシュの婚礼衣装を作り上げている。

この結婚に、戴冠式のときと同じくらいの人々が注目しているのだ。

支持してくれる国民に素晴らしいと思ってもらえるような、さすが女王だと言ってもらえるような結婚式にしたい。そして女王としてもっと成長したい。

そのために、セチャンをはじめとする官吏や侍女たちも、忙しく立ち働いているのはよく解っていた。

セチャンに言われて気づいたことだが、婚礼の前まで政務をしているわけにもいかない。慌ただしい中でも、いつもと同じように政務をこなしていたアリシュは、自分の結婚式だというのに何もしていないことに戸惑いを感じたが、自分は女王である。鷹揚に構え、彼らが用意するものを身に着け、従うことが仕事ともいえる。

国のために、国民のために、彼らを守り、導けるように、アリシュは存在し続ける。そしてすべての人の敬うべき存在として、毅然とした女王でいなければならない。

「イヴェル王子。貴方もです。慌ただしくなりますので、よろしくお願いいたします」

「僕は姫さまと結婚出来たらなんでもいいけれど、女王さまの婚礼だものね。姫さまのために頑張るよ」

傍《かたわ》らに立つイヴェルも同じようにとは言わないものの、それなりの存在でいてもらわなければならない。しかし、イヴェルはこの国で何の力があるわけでもないのだ。ただそこにいるだけなら、イヴェル以上の誰かなどどこを探しても見つかるものではない。

そのままそこに居てくれたらいいのに、イヴェルは何を頑張るのか、アリシュには解らない。

首を傾げたアリシュに、イヴェルは笑った。

「姫さま、もう寝室へ行く？　眠るまで添い寝してあげる」

「……えっ」

「何を言っている貴様！」

やはりダルファンのイヴェルに対する言葉遣いは直らないようだ。イヴェルの強さを知った今、そのうち懲《こ》らしめられるのではないかと心配でならない。

しかし、ダルファンが激昂するのも解る。確かにアリシュは夜ごとイヴェルと深くまで触れあっているが、それは誰も知らないことだ。あっさりとバラされては困ると、アリシュは顔を赤く染めて首を振るが、こんなときでも欲望を感じてしまっていた。

少しでも、ふたりきりになれるのなら嬉しい。

そして、いつもの顔に戻っているイヴェルを見て安心もした。

アリシュにとってあの手鏡は壊れたから終わりになるようなものではない。理解を得られたとまでは思わないが、拒んだせいで嫌われた訳ではない。いつも通りのイヴェルにほっとした。

寝室にふたりでいるのなら、イヴェルを他の誰かに見られることはない。イヴェルを誰かに渡してしまうこともない。ついさっきエラと共に行かせてしまったことも後悔していたくらいだ。もうあんな思いは嫌だとアリシュは思った。そしてイヴェルは、そんなアリシュの気持ちをよく理解していた。

「僕が傍で守ってあげるから、安心して眠れるよ」

イヴェルが傍にいて眠れるはずがない。アリシュはそう知っているが、イヴェルの提案を撥ね除けることは難しい。しかしアリシュは、きっと誰も抗えないだろうイヴェルの誘惑を、精いっぱいの理性で振り切った。

「ひとりでも休めますから」

「そう？　ならいいけど」

にこりと笑ったイヴェルが何を考えているのかアリシュには解る。アリシュが強がっていることなど、簡単に知られてしまっている。そして闇の中で、再び部屋を訪れてくれないかと望んでいることも、イヴェルは知っているのだ。

こんな虚勢に意味はない。アリシュは恥ずかしくなりながら、それを隠すため俯いた。

「いつでも呼んでね、姫さま」

魅惑的な誘いを振り切るために、アリシュは顔を背けて立ち上がり、私室の奥、寝室へと足を向ける。

「おやすみ姫さま」

背中にイヴェルの声を聞いて、すでに後悔している自分が本当に情けなかった。

そして、イヴェルも知っているとおり、夜になって、人気がなくなってから、この部屋に来てくれることを望んでいた。

しかし、その日、外が闇に包まれても、燭台に灯った蝋燭《ろうそく》の火が消えてしまっても、イヴェルが部屋を訪れることはなかった。

＊＊＊

「それで、捕まえた者はどうしたのかな」

アリシュが奥の部屋へ入ったことを確認して、イヴェルはセチャンとダルファンに顔を向けた。もちろん、なるべく友好的にと思い笑顔を見せたが、その顔をダルファンはお気に召さないらしい。

「今調べております。ご報告はいたしますので、イヴェル王子がお気にされることはございません」

セチャンが宰相らしく毅然として答えるが、その返答が嘘であることを、イヴェルはアハルの視線から理解した。

突然の襲撃による恐怖を必死で堪えようとするアリシュの傍を離れたくなくて、その後始末を見届けるのはアハルに任せた。彼らがどうしたか、アハルが見ていただろう。

昔、兄たちに言われたことがある。「お前は軍師として他国にはやりたくない」と。自分が他国で働くはずがないとそのときは笑っていたが、まさか誰かのために動く日が来ようとは、イヴェルも予想していなかった。

それでも、アリシュを自分のものにするために、必要があれば間諜《かんちょう》のようなことだってするだろう。アハルのように思うまま動いてくれる誰かがあと数人でもいれば自分が動くことはないだろうが、この城内で、この国で、イヴェルが信頼しているのは自分と従者だけだ。

目の前のふたりがもっと自由に扱えたら楽になるのに、と思いながら、これまでのふたりのやり方を知って、それも難しいと考える。

アリシュのため。それはこの場にいる全員が同じ気持ちのはずなのに、この城の者たちはアリシュを甘やかしすぎている。そして、隠しすぎている。

そんなことで女王が務まるほど、国政は簡単ではない。

デュロンの国民性なのか、官吏にしても大臣ですら甘く思える。サリークが殺伐としているのだろうかと考えるが、他国の者に簡単に内情を知られてしまうのだから、やはり甘いと判断せざるを得ない。

従者のアハルはどこにでも入り込める特技を持っている。容姿がこの国の者とまったく違うというのに、自然に存在することが出来るのだ。事実、イヴェルの傍にいないとき、城内を好き勝手に動いていたのだが、誰も不思議に思っていない。イヴェルは目立ってしまう自分の代わりだと重宝していた。自分が目立てば目立つほど、アハルは仕事がしやすくなる。そう思い、イヴェルは囮のつもりで場内をうろついてもいたのだ。

目立とうとして、アリシュの傍にぴったりとくっついていたりもするのに、国政に携わる者たちが、敢《あ》えて見ないふりをしようとしていることが面白かった。気になって仕方がないと意識だけが向けられているのが解り、密かに口元が緩む。侍女や官吏たちになると、眩しそうに、もの欲しそうな視線を向けられる。しかし声をかけてくる者はいない。

イヴェルの容姿だけに惹かれている若者たちではなく、位の高い官吏や大臣たち、それに華族の長たちは、イヴェルが、自分に利をもたらすのか害でしかないのか、放置しておくべきものなのかを探ろうとしていた。結局、毒にも薬にもならないイヴェルの様子を見て彼らは放置を決めたのだろう。

軽視を含めて、イヴェルに向けられる視線には、女王の愛玩物と見ているものがある。それはそれでイヴェルの目論見どおりのことだ。

実際、アリシュの傍にいられるならそれでよかった。働かず、ただ愛玩物として傍にいられたらどんなに楽だったかと思うくらいだ。

しかし現実、アリシュの周囲はそれを許さない。

アリシュを傷つける者は、たとえアリシュにとって大事な相手だろうと許さないとイヴェルは決めている。

甘やかし、隠し事をしているのは、信用せずに傷つけているのと同じだ。

そしてイヴェルは、それを許そうとは思わない。アリシュは信じていなかったが、いずれ本当に喉元を咬み切ってやろうと考えているのだ。

部屋の隅に控えたままのアハルに、目の前のふたりは気づかない。彼らのしたこと、解ったことを、ここでイヴェルに教えるのならまだ死刑のリストに加えないでおいてやったのにとイヴェルは笑った。

「そう。それは明後日の結婚式までにかたがつくのかな」

「……そうですね。おおよそのところは。無事、式を執り行えるよう鋭意努力いたします」

つまり結婚式を終えるまで取り繕うということだ。その後にまた起こるだろう問題を、ずるずると先延ばしにしているだけだろうと推測するが、敢えて何も言わず従っておく。

「そう。頼むね」

笑って、イヴェルはその部屋を後にした。

与えられた客室に向かう間、アハルだけが従って来る。

部屋に戻ると、誰もいないことを確認してイヴェルは寝椅子に寛ぎ、お茶の用意をするアハルに聞いた。

「どうだった？」

「簡単に吐きましたよ。雇われ者ではあんなものでしょう」

「だろうね。予想どおりかな」

「はい」

戦争をしていない平穏な国は、内部腐敗が起こりやすい。そして内乱に繋がる。

アリシュはどう見ても、女王になるために躾けられただけのただの少女だ。国政も学んではいるが、宰相のセチャンやその父親である前宰相チジュ、朝議においては大臣や華族の手を借りなければ何も出来ない。

いや、出来る範囲のことだけを仕事として与えられている状態だ。それ以外のことを教えられていないから、知らない。成人したといってもまだ十八の少女。女王としての立ち居振る舞いや心の持ちようについての躾は厳しすぎるほどされていたようだが、肝心の国政についてはそんなに学ばされていないというのが、ここ数日アリシュの執務を見ていて思ったことだ。

アリシュは素直で、真面目で、清廉である。あとは人には裏があるということを学べば、きっと良い女王になるだろう。それこそ、この国の神祖のように、外見だけではなく中身も素晴らしい女王になるに違いない。

アリシュがそれを望むなら。イヴェルは力の限り、手を貸すことになる。しかし、アリシュが逃げたいと言うのなら、誰の手も届かない場所へ連れ出すことも選択肢の中に常にある。

「その可能性は低いかな」

イヴェルはぽつりと零した。

アリシュは良くも悪くも、デュロンの女王だ。代々清廉潔白と言われ続けた東国の王族なのだ。この国において、アリシュ以外にその素質がある者はいない。

イヴェルはすでにこれまでのアリシュを見てそれに気づいていた。

王の娘だったから、という理由ではなく、王族のひとりだったから、という理由でもない。彼女がそうあろうとしているからだ。今この国で、アリシュだけが女王に相応しいと思えるただひとりの人だった。

しかし、アリシュの強情な面には少し驚いた。

イヴェルの思うまま、望むまま揺れているはずなのに。あんな手鏡ひとつで、もしかしたら命を落としていたかもしれないのだ。運が良かったとしても、美しい顔に傷がついていたかもしれない。

アリシュを傷つけてよいのは自分だけだ。

イヴェルはそう思っているから、アリシュ自身であってもその身体に傷つけるような愚行は許せなかった。

あんな手鏡に、何を必死になることがあるのだろう。

イヴェルは、今までで一番必死なアリシュの姿を見て、その理由がイヴェルのあげたものにあるということをまだ理解できないでいた。

手鏡が欲しいならまた買えばいい。もっと綺麗で高価なものがあるだろう。それこそデュロンには最高級の職人たちが集っているのだ。女王のためと言えば競いあって素晴らしいものを仕上げてくるだろう。

アリシュがあんなに固執し、その命までも危険に晒すほどだというのなら、手鏡などあげるべきではなかったと思っていた。

女王でい続けることに必死なアリシュが、それを失ってもいいと思うほどの価値が手鏡にあるとは思えない。

「イヴェル様？」

イヴェルが考え込んでいることに気づいたのか、アハルが声をかける。

「……姫さまは、どうしてあんな手鏡に必死だったのかな」

「イヴェル様……」

一緒に不思議がってくれると思っていたのに、アハルは即座に哀れむような目を向けて来た。

「なんだ？」

「女王様のお気持ちが……少し哀れです」

「どうして」

「イヴェル様は、そのあたりの感情が昔から欠如されておられますから……私は慣れておりますが、母君様はとてもご心配されておられましたよ」

それもあって、旅に出るときのお守りにと手鏡を渡されたのをイヴェルも覚えている。

しかし、所詮壊れてしまう物なのだ。落とせば終わり。それを拾うほどの価値があるとは思えない。

アハルにはそれが理解出来ているのか、イヴェルに少し微笑んだ。

「女王様は、普通の手鏡でしたら落とされたままだったでしょう。そもそも、身に着けて歩くこともなかったはず。あれは、イヴェル様から贈られたものだったからですよ」

「……そうか。アリシュも同じことを言っていたな」

「もしや手鏡くらいまたあげるのに、などとお答えになったのではないですよね？」

イヴェルは沈黙した。

まさにそのとおりだったからだ。

アハルは諦めたように深く息を吐いた。

「女王様も大変です。こんなにもイヴェル様のことを思っていらっしゃるのに」

「……つまり、姫さまは僕からのものだったから大事にしていたんだな？」

「そうです」

「他の誰かからのものとは違う、と」

「そうです」

アハルの力強い断定の言葉に、本当のところ理解しきったわけではなかったが、イヴェルはどこか満足した。

つまりアリシュはイヴェルに夢中であることに違いはない。

壊れたら終わりのような手鏡ひとつで、あんなにも取り乱せるほどに。

そう思うとイヴェルの頬も緩む。何故だかもっと、アリシュが欲しくなってしまった。

もっと夢中になれば、アリシュはこれからどんなふうに壊れてくれるのだろう。

物は壊れてしまうのが当然なのだ。イヴェルは持ち物に執着はないが、美しいものが壊れるときには強い関心を示す。

そしてその関心は今、アリシュだけに向かっているのだ。

もっと楽しみになってきたな。

「……それで、続きは？」

イヴェルは声もなく笑い、唐突に話を戻した。気まぐれな主人に慣れている従者は報告を再開する。

「……女王様暗殺計画の主犯はオグム家です。どうやら昔から玉座を狙っていて、ひとり息子が前王の妹君とご結婚出来たことに調子づき、前王の暗殺も試みたようですね。それが叶ったかどうかは曖昧ですが、馬車の事故とされた件で、自分の息子夫婦も失った。しかし手元には孫娘が残った。そこで彼女にも女王となる権利があると主張し始めたようです」

「ふぅん」

おおよそ想像がつく内容に、イヴェルは適当に相槌を打った。

「僕をここへ送るというのは、家長の案？」

身元をろくに調べもせず、城へ乗り込むよう依頼してくるなど、なんともお粗末なものだったが、イヴェルだからこそ実現してしまった。

「いいえ。ご令嬢のエラ様の独断です。家長のソロ様も、特に邪魔にはならないだろうと放置されているようですが。実際に暗殺の指示をしているのはソロ様のほうかと」

「へぇ……それもさっきの者たちが吐いた？」

「いえ、雇い主の名前は違っておりましたが、その者らの背後にソロ様が。ソロ様が、女王様にその資格なしと説き、始末するように働きかけ、すでに何人かの華族が取り込まれているようです」

女王を認めている者は政治の裏を見せず真綿にくるみ、女王を認めない者は命を狙う。

まったくふざけた国だとイヴェルは笑った。

それでも、自分が欲しいと思ったのはその女王なのだ。

イヴェルの色にもっと染めてしまいたい。もっと欲望のままに乱れさせたい。そして、あの顔がもっと歪むところが見たい。

イヴェルはそれを実行するためなら、どんなことでもするだろう。

「それこそ、全部なくしてしまってもいいな」

この地が更地になったとき、アリシュはどんな顔をするのか。

それを見るのも楽しそうだと嗤ったイヴェルを、ただひとり見ていたアハルがいつものように咎めた。

「イヴェル様、お顔が」

「アハルしか見てないよ」

見慣れたアハルが口に出すほどの不気味な顔をしているのだろう。

アハルからすると、この顔のどこが美しいのだろうかというところだろう。

「それで、彼らは処分したのか？」

「証人用に何人かを残して処分される予定です。結婚式を終えて、落ち着かれた頃に女王様に知られることなく、でしょうか」

「ふぅん」

そんな面倒なことを後回しになど出来ない。イヴェルの考えは、アハルにも通じたのだろう。理解したように頷いた。

「とりあえず、僕たちに依頼したあの人」

「エラ様ですね。オグム家の」

「そうそうその人の指示どおり、結婚式をしよう。そのときに一気にまとめて斬ってしまおうかな」

「そのように」

アハルの返事を受けながら、イヴェルは結婚式の日を想像する。

そのとき、アリシュはどんな顔をしてくれるのか。それが楽しみでならない。

「イヴェル様」

「アハル、明日は姫さまについていてくれ」

また王子らしくない顔をしていたのだろう。しかし咎められる前に、アハルに言いつける。

明日、アリシュは一日中慌ただしいだろう。婚礼前の女性、しかも女王なのだ。普通の結婚式より格式ばっていて、面倒な儀礼があるはずだ。イヴェルはそのときにどうにかなるだろうと思っているが、真面目なアリシュのことだ。すべて完璧にしようと思っているだろう。

そして、アリシュを女王の座から引きずりおろそうとしている者たちからすると、明日が最後の機会になる。最近はアリシュの周囲は警戒が厳しく、飲食は毒見役によって安全が確保されているが、今日のように襲われないとは言えない。

なにしろ、イヴェルからすると何をとってもお粗末な内紛なのだ。けれどそれはそれでやっかいでもある。計画性があるとも思えず、オグム家の家長が仕切っているのだろうが、統率が緩く、各自好きなことをしているようにも思える。

「イヴェル様はどうなさいますか？」

イヴェルはにこりと笑った。

「兄弟の誰かが近くまで来ているだろう。ちょっと会ってくる。鳥を貸してくれ」

「はい、すぐに」

アハルが常に持っている、服の中に隠れるほど小さな箱にはいつも鳥が入っている。国との連絡用だ。合図を送ればその者のもとまで飛んで行ってくれる優秀な鳥たちは、国を出た王族にとって大事な連絡手段だ。このデュロンにはそういった機関はないようなので、そのことは知らないようだった。

準備をしながら、アハルが思い出したように振り返る。

「イヴェル様……今夜はお出かけにならないのですか」

当然ながら、アハルはイヴェルが毎夜アリシュの部屋に行くことを知っている。それを咎めるようなアハルではない。もうアリシュはイヴェルのものだと解っているのだろう。

イヴェルは目を細めた。

「行かない」

きっとあの美しい女王は、襲われた恐怖を理性で押し殺し、ひとりになったとき震えるのだろう。そしてその恐怖を忘れたくて、いつもよりイヴェルの来訪を望んでいるに違いない。

耐える姿を見るのも楽しいが、今か今かと窓を確かめるアリシュを想像するのも楽しい。

アリシュは外が闇夜に包まれた今も、きっと窓を見てイヴェルが来るのを待っているのだ。人前では毅然として冷静でいても、その目はイヴェルを求めている。イヴェルには求められているのがはっきりと解った。

さっき別れたときも、きっと今夜も来るはずと思い込み、私室へ戻って行ったのだろう。

それが来ないとなると、どうなるのか。

アリシュにはおそらく一晩中穏やかな眠りは訪れず、苦しみながら過ごすことになるはずだ。

そうして窓の外が明かりを取り戻したとき、アリシュの願いは打ち砕かれる。

明日は一日機嫌が悪いに違いない。

その顔も楽しみでならない。もっとアリシュの感情を揺らしたい。

アハルはそこでイヴェルの思考を読んだように、小さく溜め息を吐いた。

「ご結婚式前だと言うのに、イヴェル様のせいでお気を乱されて本当に大変でしょうに」

「少しやつれたアリシュもきっと可愛いよ」

イヴェルの言葉は本心だった。

もうすぐ、イヴェルの欲しかったものが手に入る。

そのためなら、仕事などしたくないと考えていた自分の意志を覆すくらい簡単だった。

「楽しみだな、明日の姫さま」

イヴェルの心からの呟きを聞き、アハルは誰かに代わって小さく溜め息を吐いた。

# 7章

「まぁ、女王陛下。昨夜はお休みになれなかったのですか？」

リュンが心配するのも無理はない。アリシュの目の下にはくっきりと隈《くま》が浮かんでいるのだろう。

そのとおり、アリシュは一睡も出来なかったのだ。

待っていたのに。

イヴェルがアリシュの前に現れてから、部屋を訪れなかった夜はない。乱れなかった夜もない。

昨夜は、命を狙われるという予想外の事態に身体が緊張し、心は怯えていた。それを悟られないように、どうにか女王らしく振る舞えたのは、夜にはイヴェルが来て、何もかも忘れさせてくれると思っていたからだ。

まだかまだかと待ち続けて、じっと窓を見ているから現れないのかもと、壁のほうを向いたりもした。しかし、振り返ってそこに姿がないとひどく落胆する。眠ってしまえと思うのに、閉じかけた目は気づくと窓を向いている。

そんなことを繰り返し、アリシュはとうとう眠れなかった。

「昨日あんなことがあったのです。気を張っておられたのでしょう」

そうかもしれない。でも、そうではない。

アリシュは待っていたのだ。あんなことがあったのに、アリシュは襲われた恐怖ではなく、イヴェルが来なかった落胆で表情が暗くなっていたのだ。浮かれていた分反動が大きい。

怒っているのかも、と不安にもなった。

イヴェルの言っていることが理解出来ず、強く反論した。

イヴェルはアリシュのことを思って、手鏡ひとつに執着するアリシュを怒っていたのだろう。確かに、女王としてそんなものに固執して命を落とすなど愚かな行為だといえる。

しかし、あの判断は女王としてではなく、アリシュとしてのものだった。

イヴェルの母から譲られた手鏡。イヴェルからの初めての贈り物。

たとえ壊れてしまったとしても、代わりなどどこにもないのだ。

それが解ってもらえず、アリシュは怒り苛立ったものの、アリシュを心配してくれたことは事実。それを無下にされたとイヴェルが怒ったとしても、不思議はない。

嫌われてしまったかも。

不安が何度も押し寄せ、せめて泣くことだけは必死に堪えて何度も窓を確かめた。

しかし夜は静寂に満たされ、アリシュの服に乱れはなかった。

ひどく落ち込んでいる自分に、アリシュは今更ながら、愕然とした。

自分はどこまでイヴェルに依存し、染まってしまっているのか。

姿が見えないと眠れず、笑顔ひとつで何でもしてしまいそうになり、その腕に抱かれるのを心待ちにして、肌を重ねるともう離れられなくなってしまう。

このままでは、駄目になる。

アリシュは自分の思考が正しい女王のものではないことに気づいた。いつかイヴェルのために国を傾けてしまいそうだと思ったのだ。

恋しい相手に傾倒し、本来あるべき道から外れてしまう。これでは、何のために今まで努力してきたのか解らない。アリシュをここまで導いてきた祖父王にも、産んでくれた両親にも申し訳ない。

「冷たい水をちょうだい」

アリシュはリュンに伝えて、用意されたそれで顔を洗った。

気持ちを引き締めるためでもあった。

イヴェルが現れなかったのは、良いことだったのかもしれない。これ以上イヴェルに何かを求めて自分を狂わせるわけにはいかない。王配とはいえ、ある程度の距離を持たないと女王としての務めをまっとう出来ない。

アリシュは化粧で隈を消してもらい、いつもの女王となるべく、背筋を伸ばした。

婚礼を翌日に控えた今日のアリシュの仕事は、祭事の打ち合わせと衣装の最終調整、そして国民への披露のための段取りの確認だ。

おおよそのところは就任式と似ているが、もちろん結婚式はアリシュにとっては初めてのことだ。アリシュとイヴェルが祭壇の前に並び、神官より祝辞を受け、イヴェルの頭へアリシュの伴侶の証である王冠をのせれば、婚姻が成ったことになる。

しかしその確認の途中、アリシュはいつまで経っても自分がひとりでいることに気づいた。朝から祭事場内は人で溢れていたが、一番目立つはずの人間が視界に入らない。どこに居ても、常に視線が向かうようになっていたのに見当たらないとすると、やはり朝からいないのだろう。

「今朝は、早くから城外へお出かけになったようです」

「行き先も告げず！　まったく何を考えているのか！」

イヴェルの動向について報告を受けていたのか、説明するセチャンと、それに憤《いきどお》るダルファンはいつものことだ。

しかしアリシュも首を傾げた。

つい昨日、「頑張る」と言ったのは何だったのか。段取りひとつも知らないで、王族の婚礼が順調に進むとは思えない。

一般の結婚式とは違う。婚礼は祭事であり儀式でもある。昔から決められている手順のとおりに進めなければならないのだ。

アリシュはもう一度視線を巡らせて、祭事場の隅、祭壇の前から離れた列席者のための場所に立つアハルを見つけた。

イヴェルの傍にいないなんて珍しい。

思い返すと、今日はイヴェルの代わりに彼が部屋の隅にいつもいたように思う。

まったく誰も気にしていなかった。本来、イヴェルと同じ褐色の肌を持つ男は異国の人間としてとても目立つはず。それなのに、空気より馴染んだ雰囲気を持ってそこに立っている。彼も不思議な存在だ。

とりあえずイヴェルなしで打ち合わせを終えて、アリシュは執務室で一度休憩をとった。

それに当然のようについてきたのはアハルだ。ダルファンより離れてはいるが、確かにアリシュの近くに居る。

アリシュは毒見済みで幾分冷めたお茶と軽食を前に、振り返ってアハルに声をかけた。

「アハル、今日はイヴェルの傍に居なくてもいいの？」

アリシュが声をかけたことで、その場にいるのを初めて気づいた者も侍女の中には何人かいたようだ。アハルがイヴェルの護衛だとアリシュも知っている。だから不思議だったのだ。

アハルは女王相手でも、気後れせず直接話す。

「本日は、イヴェル様の代わりにこちらへ控えさせていただいております」

「代わりなどと、この大事なときにフラフラ出歩く者の何が必要だというのだ。本当に首輪が必要なのではないか」

それは、欲しいけど。

アリシュは自分が答える前に口を挟んだダルファンの言葉に同意しそうになって、慌てて考えを打ち消す。

「イヴェルは、どこへ出かけたの？」

「それは伺っておりません」

「でも……」

「イヴェル様の腕は先日お確かめになったかと。実際、護衛などという者はあの方には必要ないのです」

アリシュの心配を言い当てたアハルは、暗い色の目を細める。褐色の肌に黒い目と黒髪では、すぐに闇に溶け込んでしまいそうだが、整った顔立ちであることも確かだ。イヴェルの傍にいなければ、侍女たちの噂にのぼりそうな青年である。

そして笑った顔はとても好感が持てた。イヴェルの笑みとは違う、こちらを安堵させるような笑みだ。アリシュはついつられて微笑んでしまう。

「そうね。貴方も強かったわ。そういえばお礼がまだだったわね。あのときはありがとう」

「私などは。ダルファン様たちのお邪魔になったのではと思ったくらいです」

それはない。あの状況で、数で勝る襲撃者に対して、護衛たちだけでは立ち向かえなかったのは確かなのだ。イヴェルとアハルの力があって助かったことはアリシュも理解している。そして、それはちゃんとダルファンも解っているようだ。

いつもの厳つい顔をしたままだが、アリシュに同意して頷いた。

「いや、助けられた。あのとき、警備の穴を突かれたのは事実。自分たちの甘さをよく理解した。そして女王陛下が無傷でいられたのは、そちらのおかげだと思う」

「イヴェル様のお力です」

「彼より君のほうが多く戦っていた！」

アリシュはふたりの応酬を聞いて、思わず頬を緩める。

イヴェルに関してはガンとして認めないが、ダルファンはアハルには頭を下げ、礼も言える。意固地さは今も変わらず、真面目すぎることは難だが、そこがダルファンの良いところでもある。

そしてそれに嫌な顔をしないアハルの心の広さも好ましかった。

「イヴェルもアハルも、とても強いのね。たくさん訓練をしたのでしょう？」

「はい。それなりに。力がなければ旅には出ません」

「旅――」

「――イヴェル様が、女王様に出会うための旅です」

つい耳についた言葉を繰り返したが、さらりと何かを誤魔化された気がしたのはアリシュの思い違いだろうか。

しかし首を傾げる前に、珍しくアハルが進んで口を開いた。

「女王様に、イヴェル様のいないうちに子供の頃のお話でもいたしましょうか」

「子供の頃？　イヴェルの？」

「はい。生まれたときからの付き合いですので。お茶菓子代わりになればいいのですが」

「聞きたいわ」

麗しい青年の子供の頃。とても愛らしい少年だったに違いない。

アリシュはすでに目を輝かせてアハルの言葉を待っていた。

ダルファンは渋面をつくっているが、控えている侍女たちも心待ちにしているようでは止めることも難しいだろう。

アハルは期待を一身に受けて、イヴェルの魅力を語り始めた。

「イヴェル様はお生まれになったときから、愛される存在でした。すでにご兄弟が、兄君が四人いらっしゃいましたが、あのご容姿です。ご両親もとても可愛がっておいででした」

それはそうだろう。アリシュも同意する。あんなに輝かしい子供が目の前にいたなら、アリシュも目一杯に甘やかすだろう。

「しかしあまりに甘やかしすぎたからか、イヴェル様はとてもわがままな少年になってしまったのです」

「まぁ……」

「そこでご両親は、イヴェル様の将来を心配し、今度は厳しく育てることをお決めになりました」

「それは……」

「はい。それまで自分の意見が最優先だったのに、欲しいものがもらえなくなり、願いを叶えてもらえず、イヴェル様は毎日ご不満をおっしゃっておられました。もちろん、それでご両親の方針が変わるわけではございません。そこでイヴェル様は、今度は泣いてみることを思いつかれました」

「――はい？」

「涙を零すイヴェル様には、誰も敵いませんでした。そしてイヴェル様は、お気づきになったのです」

「……なにを？」

「自分のご容姿が、とても有効であることを」

それはどういう意味だ。話を聞き始めたときはただ愛らしい少年を想像していたが、いつの間にか違うものになってしまっていて思わず頭を振る。

「ええと、それでは、イヴェルは」

「結果、現在のようなイヴェル様にお成りに」

そんなまとめ方!?

あっさりと結論づけたアハルに物申したいが言葉が出てこない。それまでに何があったのか詳しく知りたいが、知ったら知ったで後悔しそうな気もする。

躊躇っていると、横で聞いていたダルファンが口を開いた。

「つまり、あの男は自分の容姿が売りになると自覚しているのだな!?」

「そうですね」

あっさりと認めたアハルに、ダルファンはさらに憤り、頭から湯気が見えそうになっている。

アリシュはイヴェルの麗しい顔を思い浮かべた。

本当に美しい人間だ。あんなにも綺麗なものを見たことがないと断言出来る。

どんなわがままを言っていたのだろう。アリシュは、そのわがままのすべてを許してしまいそうな自分に気づいた。子供の頃に出会っていたなら、アリシュは傾倒しすぎて女王になどなれなかったに違いない。

出会ったのが今でよかったのかどうかは解らないが、アリシュに向けられた笑顔はつまり、計算されていたことになる。その笑顔で、アリシュを思うままに操っていると理解しているのだ。

掌の上で転がされている。それは何度も感じていたことでもあった。それでも、あの顔に逆らえない。それは自我の弱い自分が悪いのだろうか。イヴェルのために厳しく躾けたご両親の意志の強さには尊敬の念しかない。だがその人たちも、泣き顔――つまり泣き落としには負けたのだ。

あの麗しい顔が、涙に濡れる。

アリシュはぞくりとしたものを感じ、思わず背筋を伸ばした。

生まれたのは歓喜だ。イヴェルを他の誰にも見せたくない。豪奢な籠の中に囲ってしまいたい。アリシュだけを見て過ごし、アリシュが訪れるのをただ待っていて欲しい。そして訪れないときは、涙に暮れて欲しい。

その情景が一瞬で思考を埋め尽くした。それを目の前で繰り広げられたら、アリシュは悦に入るだろう。

つまり昨夜のアリシュの状況を、イヴェルにも味わって欲しいのだ。そうすれば、一睡も出来なかったアリシュの気持ちが解るはずだ。今までアリシュを散々惹きつけ乱しておいて、放置することなどもう考えないだろう。

そうすれば、イヴェルをどこに出してもおかしくない王配に育てられるかもしれない。これから公式の場では常に傍にいることになるのだ。今までのように奔放《ほんぽう》にされていてはイヴェル本人の、そしてアリシュのためにならない。

イヴェルを調教する。なんて胸が躍る言葉なのか。

「イヴェル様は、昔から望むものが何でも手に入るお方でしたので、何かに執着されることがございません」

アハルの声に、アリシュは我に返った。

「壊れてしまっても、また新しいものが手に入ると思っていらっしゃるので、ものに対して執着がないのです」

「それは……」

アリシュはアハルの言葉に、何を伝えてくれようとしているのか解った気がした。

昨日の手鏡の一件を、イヴェルはアハルに伝えたのかもしれない。

「しかし、今はなにより心奪われる方に夢中になっておられます。それに比べれば、手鏡など、ということになってしまうこと、ご理解ください」

そして慰められている。

アリシュが気にしていることを、アハルはよく解っているようだ。

「男子たるもの、武をもってその信を勝ち取るもの。顔で世を渡り歩くなど軟弱な考えだ」

ダルファンは渋面のまま、イヴェルがどれほど男性として、王族としてなっていないかアハルに語っている。アハルは自分の主人のことを言われているというのに怒りもせず、ただ頷いている。しかし最後に、ダルファンの言葉を止めるように呟いた。

「そうですね。女性が男性を好きになるのは顔ではないのかもしれません。——今、ダルファン様のご自宅にいらっしゃる女性のように」

「え？」

「なっ！」

その言葉の意味をはかりかねて声を上げたアリシュに対し、ダルファンの動揺は一目瞭然だった。それまで厳めしい顔だった彼の顔が、あっという間に赤く染まっている。

「ダルファン？」

「い、いえ！　あのこれは、別になんでもございません！　アハルも嘘を言うな！」

「嘘ではありません。確かに伺っております」

「誰？　誰がダルファンの家にいるの？」

「いえ女王陛下のお気にされることではございません！」

焦ってダルファンが止めようとすればするほど、アリシュの興味は増していく。

それにのってくれたのはアハルだ。

「以前、女王様に毒入りのお茶を淹れた侍女です。確かお名前を、ミュアン様と」

「何故知っているの!?」

アリシュも驚いたが、それはダルファンとは違う意味でだ。

その侍女のことはしばらく見張るつもりだとセチャンも言っていたし、ダルファンの家でともちゃんと聞いていた。

しかしまさかそれが、思わぬところでこんな結果になろうとは。

「じょ、女王陛下！　断じて私はそのような軽率なことはいたしません！　ミュアンはしばらく、見張りのため我が家に囲っているだけでして……！」

「囲っているの、ダルファンが」

「ああいえ！　そういう意味ではなく！」

事実はどうあれ、アリシュは笑いが止まらなかった。

今までアリシュのことだけを考え、厳めしい顔を崩さず、仕事一筋だった兄のような人である。それが女性の名前を出すだけでこんなに取り乱すとは。

これまでの疲れなどすべて飛んでしまうほど、アリシュは笑い、心が軽くなった気がした。

穏やかなお茶の時間を終えて、今度は衣装の調整に入る。白地に金と赤の刺繍の入った衣装は王族の祝い事での正装だが、その模様は戴冠式のものより華やかだ。目を凝らせば凝らすほど素晴らしい。それがアリシュの身体にあわせて誂えられていく。

そういえば、イヴェルの正装はどうなのかしら。アリシュは翌日隣に立つはずの存在を頭に思い浮かべて、すぐに後悔した。

ダルファンのことで笑い、鬱々《うつうつ》とした気持ちは霧散したはずなのに、その姿を思い出すと、一瞬で彼の存在が心を埋めつくしたのだった。

イヴェルのことを思うと、気持ちが乱れない時間などないと改めて思い知らされた。

誰より豪華な衣装に身を包みながら、アリシュは、自分では皆が望む女王にはなれないかもしれないと感じた。それなのにイヴェルを手放せないことが、女王として一番危険な思考なのだろう。

そして、アリシュのその想いが弾けて、理性の糸が切れてしまったのはその夜、昨日のことなどなかったかのようにイヴェルが平然と寝室に現れてからのことだった。


不意に頬に風を感じたと思うと、ひとりきりのはずの寝室にイヴェルが立っていた。寝台に座るアリシュのすぐ傍で、一日ぶりだというのにまったく変わらない美しい顔で微笑んでいる。

この顔が、計算ずくかどうかなどもうどうでもいい。アリシュはその青い目に、金の髪に、褐色の肌に、意識のすべてを奪われて、他に何も考えられなくなった。

「――イヴェルッ」

「姫さま？」

アリシュが細い腕を伸ばしてイヴェルの服の袖を引いただけで、彼の身体は簡単に寝台に倒れた。およそ予想していたことなのかもしれない。

アリシュに組み敷かれたイヴェルは何の疑問もなく微笑んで待っていた。

「イヴェルッ……イヴェル」

どこに行っていたのか。何をしていたのか。どうして今になってここへ現れたのか。

アリシュには聞きたいことがありすぎて、感情だけが先走り、その口からはただ名前を繰り返すことしか出来ない。

「姫さま、撫でて？」

そうして誘われると、アリシュは素直に手を伸ばし、その金の髪を自分を落ち着かせるために撫でるしかない。すると、待ってましたと言わんばかりに、イヴェルが気持ちよさそうに目を細めた。

手を滑らせて肌に触れ、頬を包む。耳に指を絡め、親指で何度も撫でる。

「イヴェル……」

「なぁに姫さま」

「……青い瞳を舐めてみたい」

口にして、アリシュはふと我に返り身体が固まった。しかし欲望を抑えることは出来ず、指先を目尻に沿わせたくて堪らなくなる。

引かれるかと思いきや、イヴェルの反応はあっさりしたものだった。

「いいよ」

「……え」

「姫さまは、僕のどこを舐めたっていいよ。たくさん舐めて、たくさん撫でて」

その言葉はアリシュには天恵のように感じた。

この美しいものを、自分のものに出来る。自分のものにしたいと心から思い、そのとおり実行する手を止められなかった。

イヴェルの服の腰帯を解き、次々に剝いでいき、どこも褐色であることを確かめながらその肌を露わにする。

下衣の腰ひもも手にして、躊躇うことなくアリシュはイヴェルの身体を見た。

「――――」

初めて見る男性のすべては、恐ろしくも感じるほど自分とは違っていた。

中心で異質さを主張している性器に目を奪われ、震える手がそこに伸びる。イヴェルが止めないのをいいことに躊躇うこともなかった。

「撫でて、姫さま」

止めるどころか、もっと誘惑してくるイヴェルに従いアリシュはまず指で触れる。柔らかいようでいて、硬い。これはいったい何なのだろうとアリシュが指先でそっと撫でていると、イヴェルの甘い声が耳に届く。

「……もっと」

それに応えられないアリシュではない。両手に包み、ゆっくりと上下に撫でた。

さらに大きくなった気がする。でももっと変化を知りたいと手を大きく動かした。

「姫さま……舐めて」

「……ッ」

耳に入った次の願いは、どういうことなのか。アリシュはさすがに身じろぎするが、イヴェルの顔を見ると、嬉しそうにアリシュの次を待っている。

その顔にアリシュは本当に弱いのだ。

計算であっても、もうその計略にアリシュは呑まれている。溺れるところまで浸り、イヴェルという甘い罠から抜け出すことなど不可能なのだ。

その肌を舐めるのと同じように、アリシュは先端に舌を伸ばし、無心になって小さな口に含んだ。

「……ん、んっ」

「姫さま……」

甘くない。けど、甘い。イヴェルの肌には、アリシュを狂わせる媚薬が入っているのではないだろうか。確かめるために、何度も舌を這わせる。

「もっと、姫さま……」

吐息とともに声を漏らすイヴェルにさらに煽られて、アリシュは深くまで口に含む。舐めれば舐めるだけ、イヴェルは大きくなってくる気がする。

私は、これが欲しい。

アリシュは自分の望みを確かに理解した。

そもそも、結婚もまだなのに男女が寝台の上で絡むなど、普通ではないと解っている。女王の立場からすると、もっと毅然とした態度で接するべきだ。

しかしアリシュはもう知ってしまった。

この身体の味を、耳を擽る甘い声を、思考を奪う美しい笑顔を。アリシュは毒より強いものに身体を浸食されているのだ。

「姫さま」

やはりイヴェルは、アリシュのことなどお見通しなのかもしれない。大きな手がアリシュの寝着に伸びてきて腰帯を解き、上体を起こしてアリシュの脚に触れる。

アリシュはイヴェルの性器を舐めたままだったが、イヴェルの手に意識が奪われた。ゆっくりと外側を撫で、腰まで行ったかと思うとまた下へ戻り、今度は臀部をなぞりまた戻る。もどかしさすら感じる動きに、知らずアリシュは両脚を擦り合わせた。

するとイヴェルの手はアリシュの太ももに挟まれ、その間の柔らかさを確かめるように、ゆっくりと撫でてくる。

「んぅ……」

溜め息のような吐息が零れたのは、欲しいものがあるからだ。その手がさらにアリシュを乱し、気持ちよくさせることをすでにアリシュは知っている。

もっと強く、もっと深く。

アリシュの望みはそれだけで、そしてそれをよく理解しているイヴェルは簡単に欲しいものをくれるのだ。

「あ、ふぁ……ッ」

イヴェルの指先が、アリシュの秘部を掠める。その衝撃で腰が揺れたのは、イヴェルの指を求めてのことだ。

「濡れてるねぇ、姫さま」

「あ、あ、あっ」

くちゅりと音を立てなくても、アリシュも解っている。襞の中に潜る指は、これまで何度もその奥まで入り込んでいる。もうアリシュは知っているのだ。ここで諦めることなど出来ない。

この渇望は、昨日満たされなかったせいもあるのかもしれない。

期待を裏切られた分、埋められなかった欲望がさらに倍になって溢れ、イヴェルを求めているのだ。

乱れたい。乱れさせたい。イヴェルに、欲しいと思って欲しい。

アリシュは自分と同じものをイヴェルに求めていた。

大きな籠を用意して、そこに閉じ込めてしまっても良いと言ってくれるだけの独占欲を、イヴェルにも持って欲しかった。

「イヴェル……っ気持ち、いいの？」

「すごく気持ちいいよ、姫さま」

性器を撫でながら聞いたのは、はっきりと言葉が欲しかったからだ。そして望む答えが返ってくると、もっと強請ってと望んだ。

「ほら、すっごく気持ちいい……もっと撫でて？」

「ん、あ、あッ」

請われるままにしたいと思うのに、イヴェルの指がさらに深く侵入し、アリシュの中を撫でて邪魔をする。イヴェルが気持ちいいと、アリシュも気持ちがいい。それを理解させるような手管だが、アリシュはこの欲求を満たすことしか考えられない。

「イヴェル……もっと？　もっと？」

イヴェルに聞きながらも、それは自分の願望だと解っていた。

もっと欲しい。もっと狂いたい。

アリシュのそんな想いは簡単に通じた。願いを叶えてくれるイヴェルの反応が目に映る。細められた青い瞳が強い色に変化したのだ。

「もっと気持ちよくして、姫さま」

ここで、と声にならない指示が聞こえた気がした。イヴェルの指はアリシュの秘部を大胆に撫で、濡れたものを絡めている。

アリシュは胸を大きく上下させ、すぐ傍にあるイヴェルの性器を熱く見つめると、ゆっくりと身体を起こし、腰を動かした。

「イヴェル……ッ」

ぬるぬる、と滑りがよくなっているのはアリシュが濡れているからなのかイヴェルを濡らしたからなのか。どちらにせよ、自分のものに違いない。

アリシュは自分の性器にイヴェルの性器を当てるという正気ではない仕草を何度も繰り返し、そして教えられてもいないのに一番気持ちいい場所を探し当て、硬くなったイヴェルの性器を擦りつけた。

「姫さま、すごく気持ちいい……」

「イヴェル、イヴェル……ッ」

倒れそうな身体を、イヴェルの腹部に手をついて支える。

アリシュの重みなどまったく感じないような硬い身体が、どれほどアリシュを熱くさせ翻弄するか、もう解っている。そしてその腕の中は、他のどこより安堵を覚えるほど心地良いのだ。

また抱いて欲しいと思いながら、身体の熱はもっと違うものを求めている。

もっと昇り詰めたい。向こうまで行きたい。アリシュは自分とは違う身体を見下ろし、相変わらず美しい顔が微笑んでいるのを見て、自分の意識をうまく操るすべを忘れてしまった。何もかもが複雑に絡み、渦巻いて留まってすらいない。

そしてその中で、はっきり溢れてきたのは、この身体が欲しいということだけだ。

「イヴェル……ッ」

腰を少し上げて、何度も指で撫でられた場所にイヴェルの性器を当てる。

これを押し込むとどうなるかは解っている。理性などすでにないが、知っている。

きっとこれまでになく、気持ちいいはずだ。

イヴェルの目を窺うように見ると、拒絶や反対の意思などどこにもなく、アリシュをそのまま促すように目を細めている。

「ん、ん、あ……ッあぁ、あ――ッ」

ぬっと先端で襞を開き、ゆっくりと受け入れたものは指などの比ではなかった。掌で何度も撫で、大きさを確かめたはずなのに想像以上に大きく、硬い。

「姫さま、もっと欲しい」

「ん……っく、あッ」

もう深くまで挿ったかと思ったのに、イヴェルは満足しないようだ。

痛みと苦しみに眉根を寄せると、イヴェルが笑ったままアリシュの手を中心へ導く。

「ほら……ね？　もうちょっと欲しい」

「あ、あっんん――ッ」

自分の指で触れて、本当に少ししか入っていないことを確かめると、自分を支えていた手が緩み、自重で沈んだ。思わず唇を噛んで衝撃に耐えると、イヴェルの指が口に触れる。

「駄目、姫さま。傷をつけるのは駄目」

「あ、んっあ、ふ……っ」

無理やり唇を開かされ、噛みしめた歯列をなぞられてそこも開かれる。

「んぐ、んッ」

指はそのままアリシュの舌を探り、唾液が溢れるほど絡められた。

イヴェルの指が口腔を侵すのを感じていると、耐えていた何かが緩み、またアリシュの身体は熱さを取り戻してくる。

「んぅんッ」

悲鳴が悲鳴として上がらなかったのは、イヴェルの指のせいだ。

イヴェルの反対の手がアリシュと繋がった場所に届き、その周りを撫でた後で、襞の中にある芯を捕らえた。そこが気持ちいいのはもうアリシュも解っている。さっきも何度となく確かめた場所でもある。

「んっんッ!」

「気持ちいい、姫さま」

本当だろうか。

アリシュはいつの間にか涙の溢れた目でイヴェルを見下ろす。

イヴェルは本当に嬉しそうな顔をしていた。美しい顔は、乱れてもそのままだった。ただ、彼の言葉がアリシュを狂わし、存在が魅了し、騙されているかもしれないなどと思わせないくらいのめり込ませるのだ。

イヴェルの指は強く芯を弄り続け、口を侵す。身体は深くまで貫かれたままで、アリシュの意識は薄らいだ。

ただ、欲しかった場所に突き上げられ、落ちるのを待った。

「ん、ん、ん――――ッ」

予想どおり、アリシュはそのまま達した。

びくりと力を失くした身体は、そのままイヴェルの上に崩れ落ちる。それを受け止めた

イヴェルの腕は、いつもどおり温かかった。

「姫さま」

「ん、……」

何かを言おうと思うが、口がうまく動かない。アリシュのまっすぐな黒髪を撫でながら背中をなぞる手が心地良くて、アリシュの思考は止まったままだ。

その耳に、イヴェルの声が届く。

「……これで、姫さまは僕のもの」

「…………」

本当に嬉しそうな声だった。アリシュも、同じように感じた。

これで、イヴェルは私のもの。

イヴェルの笑顔が、相手を魅了するために計算されたものだと知っても、どうでもよくなる。

イヴェルを籠の中に閉じ込めてしまってもいい存在になったのだとアリシュは感じた。

「ずっと傍にいるね姫さま」

「ん……」

甘い囁きにアリシュは心から安堵し、誰にも渡すものかと思ったところで意識が薄らいでいった。

明日はまた、ひとりで起きるのだろうか。このまま繋がっていることが出来れば、イヴェルはどこにも逃げられないかもしれない。アリシュは最後に浮かんだ自分の考えに知らず口元を緩め、眠りに落ちた。

＊＊＊

アリシュの身体を貫いた瞬間、イヴェルは突き上げたくなる気持ちを抑えるので精いっぱいだった。

とうとう落ちた。

欲しいものを手にした瞬間ほど、心地良いものはない。しかも、一生持っているのだと決めた相手だからこそ、イヴェルは手にしたときに思わず微笑んだ。

誘えば誘うほど、アリシュはイヴェルに引き寄せられてくる。

昨日この部屋を訪れなかったことは、大いに幸いした。表情を曇らせるアリシュを想像するだけで楽しい。そして一晩苦しんだことを思うと、ひとりで達しそうにもなる。

昼間は近くまで来ているという兄たちの先触れと会い、状況を話して打ち合わせをした。

決着がつくのはどれだけ急いでも明日、結婚式当日だ。そのときのことを思うと今から顔が緩むのだが、確実に成功させるには謀《はかりごと》も密にしておかなければならない。

兄本人ではなかったが、その場で話した内容は確かに向こうへ届き、イヴェルの望むようになるだろう。明日が楽しみでならない。

しかし、この腕に落ちたアリシュはまた格別だと確信する。

自分の目の前で乱れ、狂いながら落ちる。女王だったアリシュは、イヴェルを前にすると強欲な女になるのだ。

素直な少女からそのまま清廉な女王になったアリシュ。その清らかさを汚す喜びは、他に比べられるものがない。

「気持ちよかった？　姫さま。でも僕、イってないんだよ」

喉奥で笑いながら囁くが、完全に眠りに落ちたアリシュに目覚める気配はない。

アリシュの背中を抱いたまま、ゆっくりと身体を反転させる。細い身体を今度は組み敷き、繋がった場所をよく見るために白い脚を大きく広げた。人形のようにくたりとなったアリシュだが、それでもイヴェルの欲望を抑えることにはならない。

まだ成熟しきっていない細い身体に、小さな胸。肋骨《ろっこつ》が浮き出るような細い胴。ただ、女性らしい柔らかさだけは保った身体。

「ああ、破けちゃったねぇ」

繋がった場所から自分の性器を少し引き抜くと、赤いものがついて濡れていた。

自分の衣服の裾でそれを拭い、薄い胸に両手を這わせて柔らかさを確かめながら、上体を屈めて瞼の落ちた顔を窺う。

「僕は姫さまに傷を作りたいわけじゃないんだよ」

知ってるよね、と囁いて乳首へ唇を落とす。ちゅうっと音を立てて吸い上げて、舌を絡めてから片手を寝台の端に伸ばし、アリシュに気づかれないよう置いていた小瓶を手に取る。

「傷ついた顔も見たいけど、気持ちいい顔も見たいんだ」

その蓋を開けて繋がったままの場所へ垂《た》らし、もう一度奥まで突き入れる。自分の性器を濡らしながら何度か擦ると、滑りがよくなりさらに動きやすくなった。

「ああ、気持ちいいな、姫さま」

反応のないアリシュの両ひざを抱え、さらに腰を両手で固定する。

「中で、出して、いいかな……まぁいいか」

だって僕のだし。

イヴェルの心の声は、誰かが聞いていても構わないものだ。むしろ誰かに触れ回りたい。

激しく揺さぶって、イヴェルはアリシュの中で達した。

満足してゆっくり性器を引き抜き、白濁がアリシュの奥から零れるのを見て微笑む。

「これでアリシュは僕のもの。ああ、明日の結婚式、楽しみだねぇ」

イヴェルの声は静かな寝室に、よく響いていた。

# 8章

結婚式の朝は、遅かった。

いや、城内の者たちは早くから起きて、忙しなく働いているのだろう。窓の外からは穏やかな日差しが差し込んでいる。

アリシュは今日もひとりの寝台で目を覚まし、丁度入って来た顰め面のリュンと視線が重なった。

やはりアリシュは裸だ。布団から覗く身体には染みひとつなく、若い女性そのものだ。

ぼんやりとした寝起きの頭で、アリシュは昨日何があったのかを考えた。もしかして夢だったのでは、と身体を動かす。

「女王陛下？」

ぎくりと動きを止めたのは、自分の身体に違和感があったからだ。

イヴェルと過ごした翌朝に感じるいつもの気だるさとは違う、脚の間の感覚、そして腰の痛み。

これは昨日、アリシュがイヴェルと最後まで情を交わしてしまった証拠にほかならないだろう。その事実を改めて理解し、アリシュは自分の身体を確かめる。

どこにも変わったところは見当たらなかった。先日までと同じ、アリシュの裸体がそこにあるだけだ。痕跡ひとつない。イヴェルが傍にいたという証拠は、どこにも見当たらない。

アリシュの身体が覚えていなければ、やはり夢だったかもしれないと思うところだ。

「女王陛下、本日はお忙しいですよ。さぁご支度を」

「……ええ」

リュンに頷きながら、アリシュは綺麗な身体を恨めしく思ったことが不思議だった。

傷があればよかったのに。

もし本当に何かがあれば、リュンに見咎められて怒られるか、結婚前の女性のすることではないと諌められるか、呆れられるかもしれない。

でもアリシュは、どこにもあの美しい存在の欠片が残っていないことを、残念に感じていた。

「女王陛下、今日はとても良い一日になりますように」

リュンはいつもと変わらぬ笑顔で言ってくれる。

昨日、アリシュが女王として、未婚の女性としてあるまじき痴態《ちたい》を晒したと知ったら彼女はどうするだろう。アリシュは心に暗い秘密を抱えながら、それでも女王として背筋を伸ばし、外へ出る決意をした。


結婚式は正午に行われる。

それまで、アリシュは女王としてとびきり美しく着飾られて、同じように用意しているだろうイヴェルとは会えない。

城内の一番奥にある祭儀場は、背後を完全な森に遮られていて入り口は一方だけだ。中へは結婚式を執り行う神官と、大臣たちや国の主だった華族の長しか入れない。兵士の何人かは警護のため入り口付近に控えるが、それ以外は外である。侍女や警備兵はそこでアリシュとイヴェルが婚姻を結び出てくるのを待っている。

婚儀を終えた後は、侍女や警備兵が作る道を辿り城門まで歩み、戴冠式と同じく、城外の広場に集まっているであろう国民たちにイヴェルを紹介し、アリシュが結婚したことを広めるのだ。

白を基調としたアリシュの婚礼衣装は、今この国で一番の仕上がりと言っても過言ではないだろう。その姿を目にした侍女たちが、羨ましさと感嘆の溜め息を吐くのを、アリシュは素直に受け止めた。

なにしろ、隣に並ぶのはイヴェルである。

あの異国の衣装で、普段も美しさが際立つイヴェルなのだ。正装したイヴェルは、初めてアリシュにまみえたときと同じくらい、他者の視線を集めるだろう。

その隣に立ち、女王としての威厳を失わないためには、アリシュは誰より着飾る必要があった。

「お時間です」

侍女に呼ばれて、アリシュは祭儀場の控え室から表へ出て行く。

目の前にはイヴェルの姿があった。

祭壇の前でアリシュを待つその姿に、他に何も見えなくなるくらい意識を奪われる。

生地こそ無地であるが、その腰帯やマントの留め具の細工は繊細で、頭を覆う布を押さえる紐にも宝石が編み込まれている。腰帯には短い剣が差し込まれていたが、それすら美しい宝飾で飾られ、物々しさを感じさせることはない。そしてそれらがすべてイヴェルを引き立たせるものでしかなかった。

この人が、自分のものになる。

その幸運を素直に受け止めていいのか、不穏の種を抱え込んでしまったととればいいのか、アリシュはまだ判断がつかなかった。

目の前の存在は際立ちすぎている。この国を治めるはずのアリシュですら霞んでしまうほどに。それを自分のものとするには、まだ何か足りないものがあるのではとアリシュは感じる。さらに、彼はこの国の誰よりも、やっかいで大変な人であることをもう知っている。

笑顔で周囲を巻き込み、自分の世界に酔わせておかしくさせる。自分の望むように誰も彼も操ってしまう。アリシュはそれを、自分が一番解っているはずだった。

「姫さま」

祭壇の前からにこりと笑いかけられて、アリシュは我に返った。

見入っている場合ではない。周囲に視線をやると、少し離れた場所に大臣や華族たち、そしていつも傍に控えているセチャンやダルファン。祖父王の代わりとしてチジュも参列していた。従妹であるエラも珍しく列席している。彼女の祖父であるオグム家の家長ソロと並んでいるが、とても楽しそうに笑顔を浮かべていた。

この結婚を、喜んでくれるのだろうか。いつしか疎遠になり、アリシュを敵視するようになったエラは、アリシュの唯一の好敵手であり、女王にもなれる存在だ。

そんな人に喜んでもらえるなら、こんなに嬉しいことはない。

アリシュはこれまで教えられたとおり、女王としての気品を失わないよう、まっすぐイヴェルを見つめて歩いた。

この結婚が、本当に最良の選択だったと思えますように。アリシュの願いを聞き届けるように、静かな室内に神官の祝いの言葉が響き渡り、粛々と式が進められていった。

時折、そっと隣に視線を移すと、イヴェルが同じときに目を合わせて笑う。

アリシュには、それがなにより嬉しい。

これまで、幼いときに両親を亡くし、祖父王に厳しく育てられた。女王として大事なこと、しなければならないこと。それは王族としての務めよりはるかに厳しく決められていて、小さな頃は何度ひとりで泣いただろう。

それ以来、ただひたすら言われることを必死にこなし、無事女王となることが出来た。一年前に亡くなった祖父王もきっと喜んでいるに違いないと、周囲の者たちにたくさん祝辞を述べられた。

政務に関しては、まだセチャンや大臣たち、有力華族たちの力を借りねばうまく執り行うことが出来ない。

「実務に入れば、徐々に覚えていき真の女王となられるでしょう」と言ったのはチジュだ。アリシュはそれを信じるしかない。他に道を知らないのだ。だからこそ、それを外れないよう必死だったのだが、本来の道を逸れて初めて自分で選んだ相手が、イヴェルだった。

初めて見た瞬間に、もう落ちていた。

自分の理想を具現化した存在であり、アリシュの女王としての理性など簡単に吹き飛ばす相手であり、そしてその腕でアリシュを抱いてくれる人でもある。

やっぱり、イヴェルでよかったのだわ……アリシュは心の中で呟き、口元を緩めた。

昨夜、激情のままに身体を重ねたが、それはまるでむき出しの感情をぶつけたようなものだった。今度はもっと時間をかけて、何もかも見逃さないように抱き合いたい。そしてそれは、今日から誰にも邪魔されることなく出来ることなのだ。

それが楽しみだとアリシュは逸る気持ちを抑え、静かな式が終わるのを辛抱強く待った。

長い神官の祝詞が終わり、ここに宣誓された。

「女王、アリシュ・ミン・ロンと、サリーク第五王子、イヴェル・D・アデ・ラ・サリークを夫婦と認める」

その言葉を聞きたかった。それですべてが終わるのだった。

しかしほっとしたアリシュの気持ちは、次の瞬間に聞こえた高い笑い声によって引き裂かれた。

「ほほほほ、女王陛下、本当にご結婚されてしまったのね」

祭壇の上の者も、参列者たちも、一斉にその声のほうに視線を向ける。

声は、静かな祭事場によく響いた。オグム家のエラのものだった。微笑んでいるのに、どこか歪んで見える彼女の表情に、アリシュは眉根を寄せる。

いったいどうしたのか。列席者たちも同じことを感じたはずだが、すぐに何かを言う者はいなかった。次の動きを待っているようだ。

エラはそれを当然のように受け止めて、自信のこもった笑みを湛えたままアリシュに顔を向けた。

「女王陛下ともあろうものが、そんなどこの誰とも解らぬ者と結婚など。その資質を疑われて当然ではなくて？　そしておままごとのような貴女の政務は、誰が代わりにしようとも同じ」

「なにを――」

言っているの、とアリシュは訊きたかった。

エラの言葉は、到底受け入れられないものばかりだった。祝福とは程遠い、嘲笑と侮蔑。いったいエラに何があったのか、アリシュはそんなことを心配してしまうほどだ。

「むやみなことをおっしゃいますと、ご自身の首をしめることになりますよ」

祭壇に近い場所にいたセチャンが、冷静な声でエラに告げる。その傍にいたダルファンは、剣の柄に手を置いていた。

「動くな、ダルファン。弓兵が狙っているぞ」

それを素早く制したのはエラの隣にいた彼女の祖父ソロだ。アリシュの亡くなった祖父王と同年代でありながら、未だ矍鑠《かくしゃく》として強い生気を漂わせている。

「……ッ」

祭事場の入り口付近に控えていた兵士のうちのふたりが、確かにアリシュに向けて弓をつがえている。それ以外の者たちも、すでに剣を抜き、構えていた。

突然のソロとエラの行動に驚く者がいれば、当然と受け止める者もいる。前者は狼狽え逃げ場を探し、後者は高みの見物を決めたように笑ってこの状況を見ていた。

「……なにをなさりたいのです」

セチャンが押し殺した声で問うと、ソロは余裕の笑みを見せた。

「女王の交代だよ、セチャン。チジュ。これまで何度も、私はそれを言っていたはずだ。

我が孫、エラこそが女王には相応しいと」

「馬鹿な」

否定したものの、セチャンは苦々しい顔になっている。

実際、動くに動けない状況なのだ。今、この場を支配しているのはソロとエラであり、彼らに与《くみ》したものに囲まれている。

これはいったい、何が起こっているの。

突然の事態にアリシュの理性は狂わされたようだった。

謀反《むほん》。

そう気づいて、これがそうなのだとようやく実感が湧いてきた。止まっていたような心臓がゆっくりと動き出すのを感じる。

エラは、女王教育を受けるのを途中でやめてしまったが、本当は女王になりたかったのだろうか。ソロとは、これまで一番近い親族として付き合って来たのに、アリシュのことを邪魔だと思っていたのだろうか。

アリシュが毎日、真面目にこなし続けていた仕事は、女王の政務とは言えないものだったのか。そしてそれを、みんな知っていたのだろうか。

アリシュ以外の、すべての人が？

「――――」

アリシュは、地面が突然柔らかいものになったように感じ、まっすぐ立つことが難しくなった。

エラたちの謀反は、ほとんど成功していると言っていいだろう。彼女らの言葉だけで、これほどアリシュを動揺させて、ふらつかせているのだから。

しかしアリシュは倒れなかった。背中に温かいものを感じる。ふと横を見上げれば、イヴェルがいつもの笑顔で寄り添い、アリシュを支えてくれていた。

ああ、イヴェルがいた。

アリシュはそのことにひどく安堵した。その間にも、セチャンがソロやエラたちを説得していた。

「女王陛下はまだお若い。これからなのだ。この国が、女王陛下を真の女王に育ててくださる。我々はその女王に従い、導くだけだ。それを実行出来る力、その素質を持つ方はこの女王陛下以外に誰もいない。アリシュ女王陛下の施政は、豊かさをもたらす素晴らしいものになる。同じ血を引くエラ様であっても、同じことは出来ない」

アリシュは自分が未熟だと解っている。自覚もあった。仕事も与えられるものをこなすだけで精いっぱいだ。

それでも。

それでも、アリシュは女王だ。

担ぎ上げてもらったという現実があっても、この先が大事なのだ。アリシュは自分も心を決めて、女王候補であるエラに視線を向けた。

まっすぐに、挫《くじ》けずに。

どんな状況でも、負けるはずはない。確かに多勢に無勢の状況だが、きっかけひとつでダルファンが反勢力を抑え込んでくれるはずだ。そうすればエラもソロも、強がることは出来ないだろう。

そう思ったアリシュの視線を、エラは笑って受け止めた。

不自然なほどの余裕の笑みだ。

「……?」

「まぁ。でもその素晴らしい女王陛下の大切な伴侶が、身分も知れぬ下賤《げせん》の者では、女王陛下のそもそもの資質が問われるのではなくて?」

悠然と問いかけるエラに、アリシュは首を傾げる。

先ほども同じことを問いかけられたが、イヴェルを選んだことでどうしてアリシュの資質を問われるようなことになるのか。そもそも、砂と草原の国サリークの王子が、アリシュの足を引っ張るようなことがあるはずがない。それを下賤などと侮辱するエラに、アリシュははっきりと顔を顰めた。

「イヴェルを悪く言うことは許しません」

「まぁ怖い。でも、私は間違っていなくてよ。彼はサリークの王子ではないのだもの」

「……えっ」

アリシュがイヴェルを振り向いたが、そこにはまったく変わらぬ笑みがあるだけだ。

正装姿のイヴェルは、この場にいる誰よりも神々しい。こんな彼がどうして王子ではないと言えるのか。アリシュは視線を彷徨わせセチャンやチジュへ向け、苦々しい顔のダルファンも見た。

「……彼は、王紋をお持ちです」

「王紋など、偽造すればいいでしょう」

王紋の偽造がどれほどの大罪なのか、エラは理解しているのだろうか。犯罪者にしてみれば、そんな危険を冒さずとも儲ける方法はいくらでもある。王紋の偽造は危険と実利のバランスが悪すぎるのだ。しかしエラの言葉が正しいものであると、その隣でソロも頷いている。

「そもそも、本当に彼がサリークの王子なら、どうしてこの場にサリークの他の王族がひとりもいらっしゃらないの？　サリークからの祝いも見当たらないわね？」

「それは……」

距離の問題だ。

確かにセチャンは使者を送ったのだろう。しかし、彼らがサリークから書簡なり人なりを連れ帰ってくるには、あの出会った日から二週間ではとても足りない。

そう言いたいのに、からからに渇いたアリシュの唇は空気を食むだけで、うまく動かなかった。

それを見て、エラは猫のように目を細める。

その剣で、と示したのは、イヴェルの腰帯にある短剣だった。

「女王を捕らえなさい」

どうしてエラがイヴェルに指示を出すのか。

「……イヴェル？」

アリシュは震える声でイヴェルを呼んだ。

そこから導き出される答えを知りたくなくて、でも頭を過ぎった不安を払って欲しくて、アリシュは震える声でイヴェルを呼んだ。

すぐ傍でアリシュを見つめる表情は、こんなときでもやはり変わらない。

「報酬はその女王よ。どこへでも好きなところへ行けばいいし、道端で打ち捨てるのでもいいわ——まだ解らないの？」

エラはイヴェルに早くしろと手を振りながら、楽しそうな顔でアリシュを見た。

アリシュの表情からは色が落ち、感情というものをどこかに失くしてしまったようだった。

自分の心の大部分を占める大切なものが、突然闇に包まれて、深い穴に落ちてしまったかのようだ。

「彼はサリークの王子ではないわ。汚い宿に泊まっていたただの旅人よ」

「——」

突然深い海に放り込まれたように遠くなったアリシュの耳は、何かを罵るダルファンの声を微かに捉えた。セチャンも低い声で何かを呟いている。チジュは状況を確かめようとしているのか、あくまで冷静に周囲に声をかけているようだった。しかしそのどれも、アリシュにははっきり聞こえてこなかった。

旅人。

どこか気になっていたものが、アリシュの中ですとんと落ちて、空いていた空間にぴったりはまり答えが出たようだった。

アハルが話してくれたイヴェルの過去。彼はご両親のことを決して王とは呼ばなかった。これまで旅をしてきたと零してもいた。そして彼の王族とは思えない勝手な振る舞いと周囲を戸惑わせる物言い。

彼は、王子ではない。

それがどうしたとアリシュは口に出せなかった。

アリシュが結婚したのはあくまでサリークの王子であるイヴェルなのだ。破天荒で波乱ばかりを呼び込み、それを楽しむようなイヴェルのことを周囲が認めたのは彼が王子だったからだ。

そもそも、アリシュの伴侶は誰でも良いと言われながら、ある程度の地位が必要と暗黙のうちに決められていた。

女王の資質が問われる。そのエラの言葉は正しい。

女王として選ぶ相手は王子としてのイヴェルであるべきで、出自も知れぬ旅人のイヴェルではない。

しかし、アリシュはイヴェルの麗しい顔を見つめたまま、すぐに思い出す。

昨日まで、アリシュはこの腕に、肌に、すべてに乱れて狂わされた。籠に入れてしまいたいと何度も願った。自分だけのもので他の誰にも触れさせたくないと、理性を振り切り身体をも繋げた。

あの素晴らしい記憶は、いったい何になるのだろう。

イヴェルは、エラに依頼され、アリシュを落とすためにあの庭に現れたのだろうか。そして、毎晩アリシュがおかしくなっていく様子を見て笑っていたのだろうか。

いや、確かに毎日笑っていた。それはすべてを、今の状況を見越して嘲笑していたのだろうか。

アリシュに話してくれたことは、偽りばかりだったというのか。

「姫さま」

イヴェルはここに来て初めて口を開き、倒れそうなアリシュの腰を抱き寄せた。そしてその顎に指を触れ、まっすぐ自分のほうへ向かせる。

「女王陛下から離れろ！」

動けないダルファンから怒声が飛ぶが、イヴェルはいつものように気にしない。

「僕が、王子じゃなかったら欲しくなかった？」

欲しい。

今も欲しい。誰よりも欲しいと願っている。

即答出来る答えを持ちながら、それはアリシュとしての感情であるから声にならない。女王としての理性は、イヴェルは王子であるべきだったと告げている。

アリシュの顔は紙のように白くなっていた。真っ黒な目は虚ろになり、視界が滲んだ。考えすぎて反対に何を考えているのか解らなくなった。渦巻く思考は何かを導き出すことはなく、意識が暗い場所に落ちたように感じる。

その中で、暗い闇の底から見上げた先に、遠く光の穴があり、そこから聞こえたような問いにぼんやりと答えた。

「……イヴェルがいいの」

女王としての選択など出来ない。

なぜなら、アリシュが女王だからだ。アリシュの気持ちを無視して、女王になどなれない。必死に女王の役目をこなしてきたけれど、アリシュはやはりアリシュだと思い知らされる。

本当は祖父の愛を強請りたかった。兄のようなふたりからは甘やかされたかったし、敬語で話して欲しくなかった。信頼する大叔父や親族たちには、強さを持てるまでもう少し見守っていて欲しかった。

アリシュはアリシュのままでいいと言って欲しかったのだ。

今更でもその願いが叶うなら、アリシュはこの心臓を止めてしまっても構わない。

周囲に振り回されるだけの女王などいらないはずだ。だがアリシュは自分の意志を無視する女王になどなれない。

その輝いた短剣で、この場で幸せな夢を見たまま、イヴェルの腕に抱かれて貫かれたい。

「もう面倒だ、さっさと殺ってしまえ！」

エラより鋭く、ソロの罵声が響く。

その声はちゃんと聞こえていたが、最後の瞬間までこの美しい顔を見ていたいと、潤んだ目を必死に開けていた。

それを覗き込んだイヴェルは深く微笑み、それから口元にだけ笑みを残して鋭い視線をソロに向けた。

「誰に向かってものを言っているの」

地を這うような低い声は、確かにそれまでのイヴェルとは違っていた。

その場のすべてを圧倒し、支配するような雰囲気を纏い、祭壇の上からすべてを見下ろしている。

閉じられた祭儀場の扉が外から強く叩かれたのは、そのときだ。

「女王陛下！　セチャン様！　ダルファン様！　どなたかおいでください！」

外部の者は中で今何が起こっているかまったく知らないのだろう。

兵士の必死な声が祭壇の上まで響いていた。ソロたちは予定外のことだったのか顔を見合わせたが、何か異常事態が起こったのだと解る忙しなさに、ソロも扉近くの仲間に合図し閉め切っていた扉の鍵をそっと開けさせた。

そこから飛び込むようにして入ってきた兵士は、中の異様な雰囲気などまったく気づかぬほど慌てているのか、祭儀場の半ばまで転げるように進み、アリシュの姿を認めると素早く膝をついた。

「サ、サリークのご一行がいらしております！　イヴェル王子とのご婚礼のお祝いに、山のような土産と人を引きつれ、行列は街まで続き城内では収まりきりません！」

「――――」

その叫びに、その部屋の者たちは不自然に固まった。

慌てて報告をした兵士は、そのときになって初めてその場の異様さに気づいたように顔をきょろきょろとさせる。

「ふふ、本当にサリークの方をお呼びするなんて、間抜けな宰相ね。早々に女王と一緒に退くがいいわ。彼らがここに現れて、その男が王子ではないと知ったら、サリークの方々はさぞやお怒りになるでしょうねぇ」

大変だわ、と笑い続けるエラに、アリシュは思い出したように動揺した。

イヴェルが王子でないとしたら。

間違いで呼び出されたと知ったサリークの王族が、侮られたと怒るのは当然だ。そしてその怒りは、まっすぐアリシュに、この小さな国に向かうだろう。

あくまでデュロンは職人のための国なのだ。彼らを守るために王族は存在する。

それを守れないなんて。

女王の資格なしと言われても、アリシュがこれまで一番に考えていたこと、国と国民の繁栄を願うことが偽りだったことはない。

彼らを傷つけてしまう。それが悔しい。辛い。それなら自分が傷つき、倒れるほうがましだ。

イヴェルの腕の中で最後を迎えるのなら、アリシュはひとりの女としては本望だった。しかし残される国を思うと、力のない己が恨めしくなる。

けれど慌てて入って来た兵士に続き、アハルがどこからともなく現れ、その場に膝をついてイヴェルに伝えた。

「第二王子シュルツ様、第六王子ゼイン様がお成りです」

「丁度いい。アハル、兄上の兵を借りて、彼らを捕らえよ」

「――は」

この場で誰より冷静でいるアハルに指示を出したのは、他の誰でもない彼の主人であるイヴェルだ。その主従以外がその命令の意味を考え、耳を疑い、思いつく答えを疑った。

当然のように受け答えをしたアハルはすぐに引き返す。大きく開かれた祭儀場の扉の向こうに見えた存在に、アリシュたちは目を奪われた。

その格好は、確かに見覚えがあった。

彼らは砂と草原の国、サリークの王族と護衛たちで間違いない。外で待っていた侍女やデュロンの兵士たちも、どうすればいいのか狼狽えるばかりのようである。

そんな彼らを尻目に、サリークの兵士を従えたアハルは祭儀場に乗り込み、謀反に加担した兵士や、首謀者であるソロとエラ、彼らに従った華族の長たちを抑え込み、素早く捕らえていった。

騒がしくなったものの、捕らわれる者たちも狼狽えていたからか、アリシュからすると瞬く間の出来事だった。

「なん……なんだ、いったい!?」

動揺するソロの言葉は、この場の誰もが口にしたいものだった。

「なにを馬鹿な！　我らを捕らえるなどと。下賤の分際で、自分が何をしているのか解っているのか！」

「そうよ！　私は女王となるのよ！　その私を捕らえた貴方たちのことは、絶対に許しはしないわ！　顔を忘れないわよ！」

縄に繋がれても口を閉じないオグム家のふたりを見て、小さく同調する者や、彼らに脅されてしかたなく加担したのだと言い訳を始める者もいる。

真実がどうであれ、捕らえられてしまえば勝ち目はないと解っているはずだ。女王に弓引いたことは確かなのだから。

彼らの始末を考える前に、アリシュはすぐ傍にいる存在を振り仰ぐ。

アリシュは大きく深い穴に、明るい光が差し込むのを感じた。

「……イヴェル」

「ああほら、姫さま。兄上と弟だよ」

問いかけようとしたところでイヴェルに促され、もう一度入り口のほうを向くと、彼と同じような正装姿のふたりの男性が現れた。

「ようやく結婚したのか、我が弟よ」

「兄上、どうしてこんな離れた国をお選びになったのですか」

ひとりは優しい顔立ちの青年だ。頭を覆う布からは赤の混じった金色の髪を覗かせている。もうひとりは目尻の吊り上がった、まだ年若い青年だった。彼は目も髪も黒い。

どちらもイヴェルと同じように褐色の肌を持つが、異国人であっても顔立ちでこんなにも違って見えるのだとアリシュは初めて理解した。

「シュルツ兄上、ゼイン。姫さまを紹介します。たった今僕のものになった、アリシュ女王です。姫さま、彼らが僕の兄と弟。赤髪が二番目の兄のシュルツ。黒髪が弟のゼインだよ」

イヴェルはにこやかにお互いを紹介するが、アリシュはまだ頭の整理が追いつかない。

それでも身体は女王としての振る舞いを覚えていて、ぎこちないながらもサリークの王子たちにデュロン式の礼をした。

「……デュロンの女王、アリシュ・ミン・ロンでございます。この度は……」

なんだと言うのだろう。

自分たちの結婚式に来てくれてありがとう、と言うには、何かが違う気がする。適切な言葉を求めてアリシュが自分の頭の中を探っていると、一番気になっていた問いがぽろりと口から洩れた。

「――つまり、イヴェルはサリークの王子なの？」

「嫌だなぁ姫さま、どうして僕を疑うの？」

「疑うような状況を作ったのは貴様だろう！」

アリシュの気持ちを読んだように、いつも以上に乱暴な口調で叫んだのはダルファンだ。アリシュが自由になったと解ると護衛としての自分を思い出したようだ。だがサリークの王子だと証明されても、ダルファンの口調は変わらない。それをアリシュは反対にすごいと感じた。

けれど、サリークの他の王子たちを前にさすがに失礼だと思ったのか、友人でもあるセチャンがダルファンを宥め、イヴェルに確かめる。

「イヴェル王子、あの王紋は本物ですね？」

「偽物の王紋を持ってどうするの？」

「いえ――では、エラ様のおっしゃっていたことは」

質問に質問で返すイヴェルの調子に慣れているセチャンは、訊きたかったことをまとめていたのかすぐに次の問いに移る。

「ああ、あの人、僕が泊まっている宿に突然来て、女王と結婚しろって言うんだよ。でも女王って姫さまのことでしょう？　僕もどうやって結婚しようかなぁって思っていたところだったから、別にいいかと思って」

別にいいかと思って!?

それでアリシュを騙す企みに手を貸したと言うのだろうか。

いや、イヴェルはアリシュを騙してはいない。それどころか誰も傷つけてさえいない。毒からアリシュを守ったのも、襲撃者から守ったのもイヴェルなのだ。

「アリシュ女王、弟が何かしでかしたのなら、両親に代わり、私がお詫び申し上げます」

二番目の兄という王子が、苦笑して先に謝ってきた。その様子を見る限り、この少し変わった態度が普段のイヴェルの姿なのだと解る。つまり、イヴェル本人は最初から誰も偽ってなどいないのだ。

その結論にアリシュは心が何処かに落ち着き、気づくと闇などない普通の場所に立っているように感じた。

本能では、イヴェルがイヴェルなら、王子でなくても構わないとさえ思ったのだ。今更王子だと解ったところで何も変わらないだろうとアリシュは思う。だが、ダルファンはそう簡単には受け入れられないようだ。

「別にいいかだと!?　エラ様にそんなことを依頼されておかしいと思わなかったのか!?　さらに王子であるにもかかわらず市井の宿に泊まるなど何を考えているのか！　そもそも、従者ひとりしか連れていない男がサリークの王子であるなどと信じろと言われても簡単に信じられるはずがなかろう！」

「ダルファン、よくそんなに大きな声が続くね」

「貴様ぁ！　私を馬鹿にしているのか！」

「馬鹿にはしていないけど」

からかってはいる。という声にならない言葉がアリシュには聞こえた気がした。

またうるさくなり始めた場を静めたのはセチャンである。

「ダルファン、落ち着け。他の王子方もいらっしゃっているのだ」

「そんなもの——」

「いいんだよセチャン。兄上たちは慣れているから」

反論しようとしたダルファンの言葉に被せて、イヴェルはいつものようににこりと笑った。

それを受けて、イヴェルの兄であるシュルツも苦笑する。

「どうやら我が弟は、この国でも相変わらずのようだ。兄として、このような弟を引き受けてくださることに感謝をいたします」

イヴェルに似た青年に頭を下げられ、アリシュは戸惑った。

この悠然としたサリークの王子には、何をしても上に立てる気がしないと思ったからだ。

改めて、この伴侶は自分にはもったいない相手なのかもしれないとアリシュは躊躇いも含めた目で見つめる。

それを受けたイヴェルは、口に弧を描いた。

「姫さま、お仕置きだよ」

「――――ッえ!?」

何かの聞き間違いだろうか、とアリシュが一瞬を置いて驚くと、イヴェルは細い顎を取って素早くその唇を覆った。

音を立ててしたものは、間違いなく口付けだった。

その唇で触れられるのはもう慣れたものの、この場所はふたりきりの寝室ではない。臣下やイヴェルの兄たちの目の前でする行為でもない。

動揺のあまりすぐには動けなかったアリシュに、イヴェルは嬉しそうに笑った。

「な、なに、を……ッ」

「これは、ご褒美」

なんの？　なにが？

アリシュは惑わされてばかりだ。いったいイヴェルが何を言いたいのか、何をしたいのかが解らず、結果、戸惑って振り回されるのだ。

イヴェルはしかし、アリシュが何を問うているのか理解していて、嬉しそうに答えた。

その金色の髪の間から、また耳がぴんと立っている幻が見える気がするほど喜んでいるようだ。

「僕が王子じゃなくてもいいって思ったでしょう？　よくひとりで決断したね。でも、一度でも僕を疑ったでしょう？　お仕置きはちゃんとしてあげるからね」

「——」

イヴェルは、やはりイヴェルだった。

王子ではないとか、やはり王子だとか。こちらが振り回されたとしても、イヴェルが変わるわけではなかったのだ。

アリシュは、それが嬉しかった。イヴェルはイヴェルのまま。アリシュが願った美しい人。貪欲に求めて溺れて狂ってしまいそうになるけれど、そこに落ちてもいいんだと腕の中に受け止めてくれる人。

アリシュは、やはりこの相手でよかったのだと自分の判断をようやく心から認められたのだった。

「さて、次は彼らのお仕置きだよ。アリシュ、誰の首から咬み切る？」

「——それはしなくていいの！」

それは冗談だと思いたかったと、アリシュはイヴェルを抑えるのに必死になった。

サリークの王子たちは笑顔だ。アリシュの側近であるセチャンも苦笑し、ダルファンも苦々しそうではあるが黙っている。ずっと見守っていたチジュも満足そうに頷いていた。

アリシュは、女王だ。

この先も、こうして戸惑い、揺れて、未熟であると思い知らされながら女王として生きるのだろう。不安になりながらも、これからも自分の信じたものを信じ抜くだろう。

きっとそれが、女王としての資質なのだと理解する。

その隣にイヴェルがいるのなら、アリシュはどこでもやっていけると感じた。

それからは慌ただしかった。

ダルファンは自分たちに代わり反乱者を捕らえてくれたサリークの兵たちに礼を述べ、未だうるさく自分たちの正当さを訴えるソロたちを牢へと連行する。これまでの女王暗殺未遂の犯人としての裏付けやその真意を探る予定だ。

セチャンは、アリシュとイヴェルを国民にお披露目するために、城門までの道を改めて整えた。城門前の広場は人で埋め尽くされていた。戴冠式でも見た風景だが、人々が一層熱く自分たちを迎えてくれていると思うのは、アリシュの気のせいではない気がする。なにしろ、隣に立つ美しい王配を彼らはその目で初めて見たのだから。

喜ばれ、祝いの言葉で埋め尽くされる広場の様子にアリシュは本当に嬉しくなった。

その後、サリークの王子たちには一等の客間が用意され、寛げるよう侍女も手配された。

結婚の祝いの宴では、華族の人数が減ったものの、アリシュは安堵した。ここにいる者たちは、少なくともアリシュを女王と認めていないわけではない。

ただ、政務をすべて任せるには足りないと思っているのだろうとは理解している。

ひとりでも多くの者に、そして少しでも早く、自分を真の女王と認めてもらうため、もっと頑張らなければとアリシュは心を決める。

サリークの王子たちとは、特別に時間を取って話をする機会を設けた。イヴェルの兄弟というだけでなく、デュロンよりはるかに大きな、砂と草原の国サリークの使者でもある。ただの来賓とはまた別の扱いが必要だったからだ。

それに加えて、アリシュはこの兄弟とちゃんと話をして、イヴェルのことを聞いてみたいと思っていたのだ。思い返せば、アリシュはイヴェルの過去をほとんど知らない。

容姿が優れ、武芸に秀で、アリシュを惑わす才能があることは知っているが、これまで何をしてきたかまるで知らない。確かに王族の一員だと言うのなら、警備の誰にも気づかれず女王の部屋へ忍び込める技など、いったい何のために身につけたのか。イヴェルに問うてもあの笑みで誤魔化されるだろうことを、素直に訊いてみることにした。

「改めて、女王就任、そしてご結婚おめでとうございます。アリシュ女王」

柔らかな笑顔の青年はシュルツ・B・アデ・ラ・サリーク。サリークの第二王子だ。

アリシュは差し向かいに座った場所でそれを受けて、礼を返した。

「ありがとうございます。急なことにもかかわらず、婚礼へのご出席、感謝いたします」

「それはよいのです。おおよそ弟が急いて、さらに煩わしいと言って我々への報告を遅らせたのに違いありませんから」

イヴェルは今この場にいない。彼の弟だという第六王子ゼイン・E・アラ・デ・サリークに捕まっているらしかった。今はそれに少し安堵する。イヴェルの存在を気にせず、何でも聞けるからだ。

「それでも、結婚を決めてから二週間しかありませんでした。むしろ、いらしてくださったことに驚いております……我が国の使者は、それほど早くに伺えたのでしょうか？」

「ご使者とは入れ違いになったのでしょう。我が国には、もっと早く連絡を取る手段があります」

「そうなのですか……」

「それはいずれ、イヴェルから明かされるでしょう」

アリシュに考えもつかない手段となれば、国家機密のはずだ。シュルツは笑顔でそう言うが、教えられなくてもしかたないだろうとアリシュも解っている。

「いえ、イヴェルは貴女に隠し事などいたしませんよ」

どこか諦めていたアリシュの気持ちを読んだように笑うシュルツに、サリークの人々は人の心を読む技術があるのだろうかと驚くばかりだ。

驚いているアリシュに、シュルツはさらに微笑んだ。

「アリシュ女王には、本当にお礼を申し上げねばなりません。両親、サリーク王と王妃も心からそう申しております。本来なら両親が来るべきでしたが、それにはさすがに時間が足りず、私が代表して伺った次第です」

「そんな……お礼など。私にはいまだに、イヴェルからの求婚の理由も解らないままなのですから」

本当に解らない。いったいアリシュの何がイヴェルにはよかったのか。ペットになりたいなどと、理解しがたい理由を彼が考えたことがまず解らないのだ。

アリシュにとって都合の良すぎる存在であり、イヴェルにとってみれば良いことなど何もないように思える結婚のはずだからだ。

しかしシュルツは、アリシュの言葉に少し驚いて笑った。

「お気づきだと思っておりましたが……」

「なにがでしょう？」

「我々から見れば、イヴェルの行動は解りやすいものです。そして手段を選ばないことも、第一王子である兄上とまったく変わらない」

困った弟です、と笑うシュルツに、アリシュは目を瞬かせた。

いったいこの兄にはイヴェルがどんなふうに見えているのか。アリシュからすると、ふたりとも麗しい王子であり、デュロンという小国の女王などちっぽけな存在にしか見えないだろうと思う。

「イヴェルは本当に、貴女が好きなのです」

「……えっ」

「あれほど、誰かに執着する弟を見たのは初めてです。そして安心しました……弟が、何かを心から求めたいと思えたことに。だから我々は、アリシュ女王に感謝をしなくてはなりません」

ありがとうございます、ともう一度頭を下げるシュルツの言っている意味が解らず、アリシュは混乱して、とりあえずその下げた頭を上げさせることしか考えられなかった。

「お止めください、そのような……イヴェルには」

「イヴェルは、昔から何かに執着することがありませんでした。兄から見ても、良く出来た弟でして、何をさせても誰よりも早く習得し、学ばせれば教師の教えなどすぐに抜いてしまう。あまりに出来が良すぎることに驚き喜んだのですが、本人にとってみればとてもつまらない毎日だったのでしょう」

　イヴェルの子供の頃の話は、少しアハルから聞いていた。少し内容が違っているようだが、イヴェルが昔から秀でていた子供だったことは確かなようだ。

「国にはもう、弟を夢中にさせるものなどありませんでした。だから成人するとすぐに、彼は旅に出ました。我々が心配していたのは、イヴェルに何か災いが起こることではなく、外に出ても何も見つけられないかもしれないということでした」

　それが杞憂に終わって本当に嬉しい。シュルツは心から喜んだ笑みを浮かべた。

「貴女を見つけられて、イヴェルは本当に幸せ者です。少し癖があるので、付き合うには大変かもしれませんが……どうか、見捨てないでやってください」

「見捨てるなんて」

　見捨てられるかもしれないのは自分のほうだ。

　アリシュは予想外のシュルツからのお願いに戸惑うばかりだ。シュルツは真剣だった。

しかしアリシュには、自分の何がそんなにイヴェルを夢中にするのか、未だまったく解らないのだ。

解らないものを当てにするなど、不安しかなくて眉根を寄せる。

シュルツは心配ないとにこりと笑い、その笑顔がイヴェルに本当に似ていたためにアリシュの心臓が高鳴った。

「貴女が貴女である限り、イヴェルは貴女から離れないでしょう。デュロンの女王となった貴女の魅力は、貴女以外の誰もが知っていることです。貴女はまだお若い。認められていると自覚が出来るのはまだ先かもしれませんが、時間が解決してくれることです」

だからイヴェルを頼みます、と言われては、アリシュはただ頷くしかない。

あの麗しい、アリシュを一目で溺れさせて狂わせようとする存在を、アリシュがどうにか出来るとは思えないが、この先一生傍にいられるのなら、アリシュはデュロンの女王として、さらに精進するだけだ。

「それから」

シュルツは内緒話をするように、そっと笑って続けた。

「今日の様子を見て思ったのですが、イヴェルが人をからかって遊ぶのは、暇を持て余しているからです。どうぞ仕事を与えてやってください。弟は我が国でも手放すのが惜しいほどの軍師であり、王の右腕となる政務官なのですから」

「――――」

イヴェルの評価に、アリシュは耳を疑った。

どこを思い返しても、イヴェルは王族としての振る舞いすら忘れてしまったようだったからだ。

その真意を確かめようとしたが、丁度そのとき、イヴェルが弟のゼインを連れアリシュの傍へ戻ってきた。

「兄上、姫さまに余計なことを言わないように」

「余計なことではない。お前はここでも仕事をしないつもりでいるのだろう？」

実の兄弟から守るように、すぐにアリシュの傍に座るイヴェルに、シュルツが笑って答えた。イヴェルの隣に立ったゼインは、イヴェルを何か眩しいもののように見つめている。

「イヴェル兄上は、何もなさらなくても素晴らしい方ですから！」

「…………」

ゼインの言葉は本心のようで、兄ふたりは顔を見合わせ、そしてシュルツが苦笑する。

「どうしてゼインはこんなふうに育ったんだ？」

「知りませんよ。兄上たちが何か言い含めたのでしょう？」

「まさか」

「僕は誰にも言い含められてません！　ただ、イヴェル兄上が素晴らしいことを知っているだけです」

キラキラと輝いた目でイヴェルを見つめるゼインに、アリシュの前で初めて困惑した様子を見せたイヴェルと、同じように苦笑するシュルツ。その仲の良い姿を見て、アリシュは久しぶりに目を細めて笑った。

とても居心地の良い空間だった。

不安も悩みも、この笑顔の前には何でもない小さなことのように思えた。

そしてイヴェルがいる限り、アリシュは女王であり続けられる。

それはとても幸福なことだと改めて気づいたのだった。


賑やかな宴を終えて、アリシュは怒濤《どとう》のような一日を乗り切った。事態はすべて治まったとは言えないものの、とりあえず何も考えたくないと湯浴みをしてさっぱりし、少しゆっくりしたいと寝室へ足を向けた。

「女王陛下、ご結婚おめでとうございます」

「リュン……」

リュンが寝室の前で改まったように告げてきた。

「これで女王陛下も一人前。もう本の世界に逃げこむことはないでしょうね」

安堵したように微笑むリュンに、やはり何でも知られてしまっているのだと思った。こうして幼い頃から傍で見守ってくれて、自分を理解してくれる侍女もいる。

アリシュは、自分はやはり恵まれているのだと実感し、心を弾ませて寝室に入った。

そこにはいつものとおり整えられた寝台があるのだが、その周りに集められた燭台の数が違う。暖かな蝋燭の火がたくさん灯り、寝室の雰囲気を盛り上げていた。

「——姫さま」

背後から声をかけられて、慌てて振り向いた先には、すでに正装から寛いだ服に着替えたイヴェルが居た。

そこでアリシュは、結婚の先にあるものを思い出した。

これから初夜を迎えるのだ。イヴェルの部屋も、この寝室の続きに移動してきたのである。

そんなことを忘れるなんて。

アリシュは自分の愚かさに憤りを覚えながらも、今日も目の前のイヴェルに魅了される。

この姿に目を奪われなかったことなどない。

この目から離れるには、とても強い精神力が必要であり、けれど今はそんなものは必要なかった。もう誰に遠慮することもなくこの姿に見入ることが出来るのだと、アリシュは歓喜に震えていた。

「姫さま、今日は、もっと可愛がってくれる?」

なんというお強請りをするのだろう。

イヴェルは本当に、アリシュの気持ちを理解して簡単に操ってくる。

先に寝台に座ったイヴェルに近づき、アリシュは身体を屈めて唇を重ねた。

ただ触れるだけだったが、アリシュは昼間の口付けを思い出し、頬を染め眉根を寄せた。

「……イヴェル、もう、人前でこんなことをしないで」

「どうして？」

イヴェルに常識というものはないのだろうか。アリシュはそう考えたものの、彼とは常識が違うのだろうと結論づけて、戸惑いながらも嫌だと思った理由を素直に口にする。

「……貴方の、その、口付けた後の顔は、とても綺麗だから……誰にも見せたくないの」

「…………」

こんな勝手なことを言うなんて、わがままだと思われるだろうかとアリシュは躊躇ったのだが、イヴェルは珍しく反応を遅らせた。

そしてまっすぐにアリシュを見つめ、それから思い出したように笑った。

「――そうくるか。まぁ、いいよ。解った、姫さま。これからも人前では隠れてしようね」

「そうじゃなくて！」

人前でしないという約束をしたかったのに、どうしてそんな結論になるのだろうか。

顔を顰めたというのに、イヴェルは今日も笑顔でアリシュに強請る。

「姫さま、撫でて」

「…………」

その金の髪がどれほど柔らかく指に絡むのか、アリシュは充分知っていた。そして他の誰かと同じ気持ちを分かち合いたいとも思えない。

撫でられたイヴェルはとても気持ちよさそうに目を細める。

アリシュはそのうちに、髪だけでは満足出来なくなり、頬や首、肩から背中までに手を伸ばし、薄い布だけを身に着けた身体を密着させて大きな身体を抱きしめた。

「イヴェル……っ」

こんなにも簡単に、アリシュの身体は熱くなる。

撫でているだけでは駄目だ。アリシュも撫でられたい。イヴェルが欲しい。最後まで達したあの感覚を身体は覚えている。それは忘れられそうもないもので、むしろもっと欲しいと煽られる。

「姫さま……」

イヴェルの大きな手がアリシュの背中から脚に下り、そこからまた上がる。アリシュの薄い身体の形を何度も確かめられるような動きがもどかしい。

次いで耳に届いた声に、アリシュは眉根を寄せた。

イヴェルの顔はアリシュの胸元にすり寄り、はだけた寝着の隙間に潜り込んでいる。

「姫さま」

そこで囁かれると、肌が粟立つように反応する。胸の先が尖って痛みを感じるほどだ。

それでも、アリシュはその先に進むのを止めた。

どうしても言いたいことがある。イヴェルなら何でもいいと思っていたが、イヴェルが欲しいからこそ譲れないものが出来てしまった。

自分はいったいどこまで強欲になるのだろうと呆れながらイヴェルを見下ろす。

「姫さま?」

「……イヴェル、名前を」

「ん?」

「私の、名前は、『姫さま』ではないの」

アハルは彼の従者だから当然だが、セチャンのことも、ダルファンでさえ、イヴェルは名前を呼ぶのだ。

「姫さま」と呼ばれることは、金の騎士を好きだったアリシュには堪らないものだったが、アリシュが最も欲するのは金の騎士ではなく、イヴェルになったのだ。

アリシュは、女王となってから誰も自分の名前を呼んでくれない事実にも気づかされていた。それでも、決してアリシュを「女王」と呼ばないイヴェルなら、彼にとっての女王でなくてもいいのなら、どうか名前で呼んで欲しいと願った。

「…………」

イヴェルはまた、黙ってアリシュを見つめた。

そこに笑みはない。口を引き結んだままで、視線はまっすぐアリシュの目を貫く。

自分は何かを間違えたのだろうかとアリシュが不安になった頃、ようやくイヴェルが動いた。

「——きゃ、あっ」

腕に抱いていたアリシュを寝台に倒し、その上に身体を起こすイヴェルは、確かにそれまでと違う笑みを見せた。

灯された燭台の火を背中に背負っていて、表情が暗く見えるせいかもしれない。

「イヴェ、」

「アリシュ」

自分の声を遮って、初めてアリシュはイヴェルの口から名前を聞いた。

それはまるで強い引力を持った声だ。

アリシュは引き寄せられて、拒む力も意味をなさない。

麻薬だ。

イヴェルの存在は、やはりその姿も声も、表情すら、アリシュを狂わせる麻薬なのだと実感した。

「アリシュ。僕に愛されたい？」

アリシュは目を見開き、その意味を頭に伝えた。

寝台で、初めてアリシュを組み敷き、押さえつけるその力は、アリシュに従うペットではなく、確かに男のものだった。

それがイヴェルなのだ。

アリシュは強請られすぎておかしくなったのかもしれない。

イヴェルの麻薬はアリシュの指先まで染み渡り、決して抜けることはないだろう。

「あい、し、て……」

息を呑んでいたせいか、掠れたような声にしかならなかった。

じっとアリシュを見つめるイヴェルに、アリシュはもう一度、はっきりと強請った。

「愛して、イヴェル……ッもっと、もっとずっと、愛して」

アリシュの答えは正解だったようだ。

なにより嬉しいと笑う、美しいイヴェルがそこにいた。

「ずっと愛してあげる。ずっと可愛がってあげる。だって僕は、アリシュのペットだからね」

それは言葉どおりの意味なのだろうか——戸惑ったのも一瞬で、アリシュはすぐにイヴェルの躊躇いのない手に、唇に翻弄され、理性など早くに手放してしまったのだった。

＊＊＊

次に挿れるときは、念入りに柔らかくしてからと決めていた。

前回のように香油を使うことは簡単だが、それではアリシュの表情の変化が見られない。

苦しそうに歪み、耐える顔は好きだが、それは痛みからのものであってはならないし、もっと強く、もっと早く、次の快楽を欲する顔が見たい。

「あ、あっん、イヴェ、ル、ああっイヴェル……ッ」

何度もイヴェルを呼んでくる。誰が楽にしてくれるのかよく解っているようだ。

それでも、ここで簡単に与えては今後が面白くない。

アリシュは自ら望み、強請り、イヴェルを欲しているが、そうすれば簡単に手に入るなどと考えてもらっては困る。

これ以上ないくらいまで引き延ばし、もっとおかしくなったアリシュが見たいのだ。

もっと大胆に、身体をあわせるより貪りあうことを覚えさせたい。

この白い四肢が、褐色のイヴェルの身体に巻き付き、離れられなくなるくらい強く求められたい。

アリシュの下生えはまだ薄く、舌で舐めても梳ける。その間を掻き分けて、膨らんでしまった襞を開き、舌先で芯を強く絡める。それと同時に、膣の中に指を挿れた。

「ああ――ッ」

奥まで充分に濡れている。一本の指はすでに深くまで入り、抜き差ししても何の抵抗もない。

奥で感じることに身体が耐えきれないのか、アリシュは両脚を閉じようとするが、柔らかな太ももに顔を挟まれたところで、イヴェルは気持ちいいと思うだけだ。

「イヴェ、ル……ッもう、ああ、もう……ッ」

「まぁだ」

笑ってあっさりと断ると、アリシュは絶望に似た顔になる。

それは、結婚式のとき、祭壇の前で見た表情に似ている。

あれはイヴェルが欲しかったものだった。きっとあのまま放っておけばアリシュは心の深い場所が壊れて、イヴェルから逃げられもしなくなっただろう。

狂わせることも楽しいが、それだけでは物足りない。アリシュには、イヴェルに振り回されることでもっと感情豊かになって欲しいのだ。

もっとおかしくなればいい。

イヴェルなしでは生きていけなくなればいい。

独占欲というものがすでにアリシュの中にあることは知っている。イヴェルには最初からそれがあるのだが、教えてしまうと狼狽えるアリシュが見られなくなるのでまだ秘密だ。

「もう少しだよ」

「あ、あッやだ、いやイヴェル！　駄目ッ」

嫌だと思うのはまだ羞恥心が残っているからだ。

イヴェルはアリシュの両脚を折り曲げ腹部に当て、そのまま腰を持ち上げた。

上体を起こしたイヴェルの目の前に、アリシュのすべてが曝け出される。白い寝台に広がる黒い髪と、上気した頬、泣き続けるアリシュの顔がよく見えた。

この体勢はとても気に入った。

アリシュが見ている前で、イヴェルは濡れた秘部に顔を寄せ、唇で覆って強く吸い上げる。イヴェルが脚を抱えてしまっているせいで、アリシュは動くことも出来ず、強い快感に頭がおかしくなっていることだろう。

「――――ッ！」

息を呑み、声を上げることすら出来ないほどアリシュは快楽を追っていた。

黒い眼が逃げるように彷徨い、どこを見ているのか解らないが、何を欲しているかは解っている。

「んあぁっあっああぁぁっ」

「ん――……甘ぁい」

じゅるりと吸い上げて、舌で舐め取る。まるで蜜の様だとイヴェルは口端を上げた。目を細め、アリシュの視線が向けられるのを待って、開いた口から舌を覗かせ、襞の奥へ押し込む。

「ん、ふあぁぁっ」

どうにかしたい、どうにかなりたいと、アリシュの自由な腕だけが寝台の上で乱れ、一番欲しいものが与えられない苦痛に耐えるように敷布を摑んだ。

「もう、だ、め――……ッ」

涙はすでにとめどなく流れ、悲鳴のような喘ぎが続いている。

「もう挿れたい？」

「い、いれ、たい、挿れて、イヴェル……ッ」

深い意味など理解せず、ただ強請ることを覚えたアリシュは、イヴェルの思うままに乱れた。

イヴェルはアリシュを支配する。

この顔で、身体で、声だけでも、アリシュはもうイヴェルの思うままになる。

「ペットはご主人様の言うことをちゃんと聞くものだよ」

からかうような声は、もう届いていないのかもしれない。涙を湛えた目を瞬いて、イヴェルを見上げている。

「僕はアリシュのペットだからね、充分可愛がって……」

「んっんんっ」

イヴェルはアリシュの脚を下ろすと、その間に自分の腰を進めた。しかし、すでに硬く屹立した性器を奥へ沈めたわけではない。襞の間に深く擦り合わせ、何度もその感触を楽しんだ。

「撫でて、アリシュ」

「んぁ、あ、あッ」

アリシュの脚が、本能でイヴェルの腰を締めつける。イヴェルはアリシュの身体の横へ手を置いたまま、ただ腰だけを押し付けて揺らした。

それだけで足りないのがアリシュだ。

もちろんイヴェルも充分準備は出来ているのだが、組み敷かれてもだえるアリシュの痴態を見逃す手はない。

アリシュは身体を捩り、硬いもので襞を撫でつけられることに震え、どうにかしてそれを与えてもらえないかと知らず腰を揺らしていた。手を伸ばし、自らの間を探り、熱くなった性器を捕らえると指で撫で誘ってくる。

教えてもいないのに、知らない間に自然と覚えてくれるものだ。イヴェルはアリシュの上手な誘い方に目を細めた。

「可愛がってくれる、アリシュ？」

「う、んっああ、かわい、がる、からぁ……っ」

「ずっと、もっと、だよ」

「もっと、もっとお願い、欲しい……っ」

「そうだね、そろそろかなぁ」

主人はペットに厳しく躾をすることが重要だ。しかし、嫌われないように甘いものも与えなければならない。

虐めるだけでは良い主人にはなれないのだ。

「挿れてあげる……」

「あ、あ、あぁ……ッ」

恐ろしくゆっくりと、イヴェルはアリシュの中に進んだ。

ずっと待ち続けていたものがようやく与えられたものの、アリシュはまだもどかしさを感じているのか、脚に力を入れて腰を引き寄せようとする。

「全部挿れるね、覚えてるかな？」

「あ、あぁっイヴェ、ル、ふかい……ッ」

「そうだよ、これが僕。アリシュのここを、僕の形にするんだ」

「――ッひあぁっ」

一度引き、今度は強く突き上げた。

「それでここでちゃんと達するんだよ、アリシュ。僕をちゃんと可愛がってくれないと」

「んん――……」

「……終わらないよ」

楽しそうに笑って囁くと、意味を理解したのか、アリシュが目を曇らせて震えた。

白い手が伸びて、イヴェルの肩を抱き引き寄せようとする。

「イヴェル……ッかわい、がるから、ずっと私だけ、私のものになるの……ッ他の人に可愛がってもらうのは、だめ……ッ」

子供が駄々をこねるようにも聞こえる願いに、イヴェルは嬉しそうに目を細めた。

唇に音を立てて触れ、黒目を覗き込む。

「僕はアリシュのペットだからね。ちゃんと躾けてくれたら……アリシュに支配されるかもね？」

「そう、大事なのは、飴と鞭かな。アリシュは、どっちも好きかな？」

「あ、あ、あっいや、甘いのがいいの……っ」

「甘いなにが欲しいの？」

「イヴェル……ッイヴェルが、欲しい！」

「甘い僕は……これかな？」

　腰を強く揺らすと、アリシュは声にならない悲鳴を上げてイヴェルにしがみついた。

　しかし離れようとはせず、それについて行きたいとばかりにさらに力を込めている。

「動く？　もっと？」

「あッあぁッん、も、もっと、もっと、イヴェル！　もっとっ」

「……欲深いご主人様だなぁ」

　しかしそれこそが、イヴェルが望んだものである。

「あぁッ、あああっあ――ッ」

　ただ喘ぐしかないアリシュを、イヴェルは何度も突き上げ揺さぶった。腕の中にすっぽりと収まる身体を抱き、腰を使ってアリシュをもっと先へと押し上げる。

　悲鳴のような最後の声を発し、アリシュは達した。その激しい内部の収縮に、イヴェルも身を任せた。

「……ッん、ああ、出ちゃったな」

「しつ、け……？」

「ん、あ、ぁ」

びくびくと余韻に震えるアリシュは、イヴェルの愛液を受け止めたことも理解しているのか、口元が緩く持ちあがっている。

「気持ちよかったの、アリシュ？」

「……ん」

言いなりの人形のように、幼い子供のように、アリシュは小さく頷いた。

「僕も気持ちよかった」

「……イヴェル？」

「これからもっともっと、可愛がってくれる約束だよ、アリシュ」

耳元で囁くと、アリシュはゆっくりとその言葉を理解し、頬を赤くして、けれどしっかりと頷いた。

その素直さに笑って、イヴェルはゆっくり自身を引き抜く。それに小さく声を上げるアリシュを強く抱きしめた。

それから身体を落ち着かせるように撫でて、少し開いた唇を塞ぐ。口付けを待っていたのだろう。アリシュは簡単に受け入れ、イヴェルの舌が口腔を撫でても気持ちよさそうに目を細めた。

その唇から離れ、頬から耳、首筋のほうへ顔を移動させる。

「アリシュ。僕はまだ、あの人たちの首を咬み切ることを諦めていないよ」

喉元に浮いた汗を舐め取りながら囁くと、意味を理解したアリシュの身体がびくりと揺れた。まさかこの細い首を咬み切られるとでも思ったのだろうか。

お仕置きは甘噛みくらいで許してあげる。

イヴェルはそのまま緩く噛み、アリシュの微かな喘ぎに目を細めた。

「あ……ん、イヴェ、ル、どうして、そんな」

すでに理性が働いていないアリシュだが、必死で何かを掻き集めて考えているようだ。

このまま狂わせてしまうのは簡単だが、熱に浮かれた頭のときに言っておこうと口を開く。

「彼らは、アリシュを女王として見ていない」

「――え？」

突きつけられた事実に、アリシュは陶酔から覚めたように目を開いた。

「王というものは、その国の象徴であり、民の導き手であり、断罪する者でもあるんだよ。確かに国を回すための仕事もしなくてはいけないだろう。でも、国の暗部を知らずにのうのうと居座れるほど、玉座は甘いものじゃない」

アリシュの目はすでに怯えを孕《はら》み、震えを必死に抑えた様子でイヴェルを見上げていた。

「……それは、私は、女王に向いていないということ？」

「いいや。アリシュが女王だ。この国の女王はアリシュしかいない。だからこそ、あの人たちが間違っているんだ。セチャンも。方針を決めたチジュもね」

「……？」

突然のことで理解が追いついていないのであろうアリシュに、イヴェルはもう一度告げた。

「オグム家の者たちが反乱の用意をしていることは、探ればすぐに解るくらいあからさまだったんだ。事実、僕らでもすぐに気づいたくらいだ。それくらい甘い計画だったのに、それを見逃す彼らは甘すぎる。いつかなんとかなる、なんて問題を先延ばしにしたところで、それが好転するはずもないのに」

だからこそ、処罰を決めたらすぐに実行するべきだったのだ。そしてそれを、女王であるアリシュに隠すことなどありえない。

何も知らないいまま最悪の事態を迎えていたら、アリシュは理解出来ないまま命を落とすことになっていただろう。

一国の女王がだ。簡単に挿《す》げ替えられると思っているのだとしたら、争いをしない国の政治は本当に甘いのだなとイヴェルは笑った。

「彼らの理想とする国を作るために担ぎ上げられた女王だったとしても、女王は女王だ。責任は女王に降りかかるんだ。彼らはそれをいいことに好き勝手していたと言ってもいい」

「……イヴェル」

そしてイヴェルは、アリシュをそんな危険に晒した彼らが許せないのだ。

アリシュが許可するなら、これからすぐに断罪したいくらいだ。

アリシュはただイヴェルをじっと見つめ、そしてゆっくりと微笑んだ。

「アリシュ？」

「イヴェル、ごめんなさい。そして、ありがとう」

お礼を言われるとは思わなかったな。

イヴェルが素直に驚いていると、アリシュはそのまま続けた。

「彼らだけの責任ではないわ。そのうち教えてもらえると、待っていた私も悪いのよ。私が進んで調べ、知らなければならないことだったはずだもの。若い女王だからといって、何かが許されるわけではないわ。そのことは、誰も教えてくれなかった。私は気づきもしなかった……イヴェル、教えてくれてありがとう」

「アリシュ」

「……こんな女王だけど、これからも一緒にいてくれる？」

しなやかな女だった。

イヴェルの明かしたことに戸惑い、考え、しかしうまくまとめられず、結局、女王という立場に縋るしかないだろうと思っていた。細い、まだ巣立ったばかりのような存在で、触れれば簡単に落ちるだろうと思っていたのに。

ほんの一瞬で、こんなに美しいと思う女になってしまった。

これを人は成長と呼ぶのかもしれない。そしてその瞬間に、イヴェルだけが立ち会えたことに、これ以上ない悦びを感じた。

いったいアリシュは、この細い身体の中にあとどれほどの可能性を秘めているのか。

イヴェルの返事は決まっていた。

「僕はアリシュのものだよ。アリシュが僕のものであるようにね」

イヴェルの言葉に安堵したようにアリシュの、その薄い胸にイヴェルは顔を埋めた。

まずは、ここに何があるのか、探ってみたい。

「イ、ヴェル……ッあの、もう、私」

「アリシュ、朝は遠いよ。まだまだこれからだ」

朝までは無理。言葉にならないアリシュの悲鳴が聞こえたが、それがやがて甘い喘ぎ声に変わるのをイヴェルは知っていた。

無垢な身体を変えていく喜びに、まずは満足していた。

この先、もっと楽しくなることばかりだろう。そんな未来を想像すると、今まで流されるままに生きてきたことも、それでよかったのだと思えた。

今のために、イヴェルは生きていた。

悦びをくれたアリシュに、イヴェルは最後の瞬間まで愛し、愛されることになるだろう。

この先も、イヴェルは女王のペットでいて、その立場を他の誰かに譲るつもりはまったくなかった。

まぁ誰か現れたら現れたで、面白いかな。

その場合、どうやって相手を排除しようかと考えることが楽しいのだ。

「イヴェル……ッ」

しかしまずは、この熱く濡れた身体を奪い尽くすことが重要だ。

イヴェルは白い肌が自分の色に染まることに歓びを覚え、そのまま行為に没頭した。

# 終章

イヴェルはいつも決めたことを最後まで貫く。

その意志は固く、決して一度たりとも曲げられたことはない。

アリシュを初めて見たときのことは、今でも覚えている。忘れられない衝撃だった。

美しく若き女王。悠然と微笑み、国民の期待と責任を一身に背負い、これから率いていく。

けれどそう見せていて、その衣装に隠した細い身体はひどく震えているのだろう。そのことが何故か解った。

怯えた子供。幼い少女。何かを渇望し、与えられながらも満たされていない事実から目を背けているのだ。

自分なら、その足りない何かを満たしてあげられる。

そしてそれは、自分の欲しいものを埋める何かになるだろうとイヴェルは確信していた。

アリシュは女王だった。

清廉であり、真面目であり、公正なデュロンの女王だ。

イヴェルの生国であるサリークや、隣接するシュゼールがこの小さな国を攻め、魅力的な職人たちを自分の国に取り込んでしまわないのは、アリシュのような国主がいるからにほかならない。

イヴェルは、それを手に入れるために、今まで旅をしていたのだと気づいていた。

自分の性格がどこか歪んでいるのは解っている。人をからかって遊ぶのも楽しいからだ。他に楽しいと思うことがなかったのだ。あまりに時間を持て余し、人を笑って、嘲ってもいたのだが、この国に来てからは、イヴェルは心から楽しくて微笑んでいることが多かった。

故国では見つけられず、外へ何かを求めて旅に出た。

それでも、サリークの王は大事な息子を護衛もなく外へ出すような愚行は犯さない。

王の兵士千人と戦い、最後まで勝ち抜いたら、アハルだけを連れた旅を許すと言われ、国を出ると決めた年からわずか二年でそれを達成し、出立したわけである。

それをしただけの価値が、ここにある。

正直なところ、イヴェルには少し不安もあった。

あれほど欲しいと思ったアリシュも、手にしてしまえばその気持ちが薄らいでしまうのでは、という危惧があったのだ。だが、今はそれが杞憂だと解る。

イヴェルはすべてを望んだ。

アリシュの感情のすべてを、喜びも悲しみも絶望すら自分のものにしたいと望むイヴェルは、確かに普通の人間とは少し違うのだろう。それでもイヴェルは欲したものを手にすることが出来たのだ。

これが幸せでなくてなんだというのだろうか。

結婚してから、毎夜その身体を貪り乱れているというのに、イヴェルの気持ちは一向に収まることはなく、日々欲求は膨れ上がり、もっと欲しいと強請ってばかりだった。

兄はイヴェルのことを本人より理解していたのか、結婚祝いに来たときに、そっと、アリシュに聞こえないように教えてくれたことがあった。

「彼女に、アリシュ女王に祝福を。お前に首輪をつけることが出来るなんて、私たちにはまったく予想も出来ず、お前の行く末を心配していたのだから。この先、お前がアリシュ女王に踊らされる姿を見られるのかと思うと、楽しみでならないよ」

踊らされている。

イヴェルはアリシュに、そのとおり踊らされているようだ。

自分の手に落ち、摑んだはずなのに、アリシュは毎日新しくなる。イヴェルの興味が失われることはないだろう。イヴェルを惹きつけるものが何なのか、実のところイヴェル自身にもよく解っていない。

ただ、この先もイヴェルはアリシュに執着し続けるのだろうということは解っている。

「イヴェル、この報告書を読んで、意見を聞かせてくれる？」

アリシュは、シュルツから何を聞いたのか、イヴェルに仕事を見せてくるようになった。

何かをしろと言うわけではないが、女王の仕事の一部を任されているようなものだ。

朝議に出席すれば、アリシュが何の問題を抱えているのか、この国が何をしているのかは、簡単に解る。

解るからこそ、アリシュはイヴェルに聞くのだろう。

しかしアリシュは、イヴェルの言葉を聞いても、それを鵜呑《うの》みにするわけでもなく、自分で深く考え、答えを出す。

その姿は、デュロンの女王として、イヴェルの主人として、眩しく映る。

その悦びに目を細めたのを誤魔化すように、イヴェルはアリシュの前に跪き、見上げた。

「ご褒美をくれる？」

「……イヴェル」

ここが人前であることはよく解っている。

それでも誘惑か拒絶か、悩んでいるアリシュの顔を見るのが好きだ。

「撫でて、アリシュ」

アリシュの目が期待に揺れた。この金の髪を、誰より気に入っているのがアリシュだ。

髪に触れられる機会をアリシュがみすみす逃すはずがないのも解っている。

躊躇いがちだった手が、イヴェルに触れた途端に大胆になる。

イヴェルは、この手がとても好きだった。

自分で何度も言ったが、本当にアリシュのペットになってしまいたいと思っているくらいだ。

美しいアリシュ。イヴェルを惹きつけるアリシュ。

イヴェルによって乱れ、狂い、喜ぶアリシュ。

どれだけ見ても見飽きない。

この手が自分に触れる限り、イヴェルはアリシュの傍から離れることはないだろう。

「はい。終わり。これを見てイヴェル」

細く小さな手が髪に絡むのを楽しんでいたが、それは唐突に終わった。

執務室ではセチャンやダルファン、他の侍女たちも控えていて、人の目がありすぎる。

それがアリシュには恥ずかしいらしく、大事なペットとの戯れの時間を簡単に終わらせてしまう。

頬を少し染めたまま、女王としての仕事を思い出したアリシュを見つめ、イヴェルはにこりと笑った。

「……イヴェル？」

この主人は、まだまだ躾けが必要なようだ。

イヴェルの、可愛いペットの望みを解っていない。

それをどうやって解らせてあげようか。考えるだけで、イヴェルは楽しくなってしまう。

これが、イヴェルがアリシュに惹きつけられる一番大きな理由かもしれない。

微笑んだイヴェルの顔が、実際アリシュにはどんなふうに見えているのか、自分には解らない。しかし隅に控えたアハルが何か言いたそうな顔をしているのを見るに、きっと可愛いペットとしての表情ではないのだろう。

物言いたげに目を泳がせるアリシュは、イヴェルの気持ちを何か察したのかもしれない。

しかしもう遅い。イヴェルはその耳にそっと囁いた。

「あとで、ちゃんと可愛がってもらうからね」

アリシュが好きな、身体の奥を擽るような声は、確かに彼女に響いたようだ。

女王という立場ゆえに自分を律しながらも、顔を染めるアリシュに目を細める。

とりあえず、今はこれくらいでいいけど。

イヴェルはさてあとで何をしようかと、楽しい考えに浸り、嗤った。

この先も、イヴェルはアリシュの可愛いペットであり続けるのだから。

# あとがき

初めましての方も改めましての方も手にして頂いてありがとうございます、秋野《あきの》です。

えーとじつはあとがき、苦手です。何を書いたらいいやらといつも考えてお礼で埋《う》めるのですが、今回二頁《ページ》もあるので、最近思ったことなど。

家の竪樋《たてどい》の裏に、小さな蜂《はち》の巣を見つけました。蜂はひとつの巣から新しい女王蜂が産まれて分離するもの。ということはここにも新しい女王蜂と配下がいたわけで。でもどう見ても小さすぎるし巣として完成していない。何故なのか。女王蜂のために、働き蜂たちは毎日頑張ってます。そこへ、流れ者というか一匹のはぐれ蜂が登場。

「ちょっと暫《しばら》く仕事くれませんかね、いえおいてくれるだけで。ええ、働きますぜ」

とかなんか言って紛れ込み。その蜂に女王蜂が「あらやだなんかすごく好みー！」と夢中になっちゃって。でもはぐれ蜂はいわば傭兵《ようへい》のようなもの。女王蜂になんて恐れ多いっすからと素気無く。しかし諦めない女王蜂。しつこさに呆れたはぐれ蜂はとうとう巣を出て行ってしまいます。

「あの人がいなくなるなんていや！」

と女王蜂、はぐれ蜂を追って出て行ってしまいました。それに慌てた働き蜂たちは、半分は「女王様―」と追いかけ、半分は何が起きたか解らず、一歩出遅れ、そしておろおろしてみてようやく留まっても仕方ないと遅ればせながら追いかけ。でも当然追いつくはずもなく。仲間は一匹、また一匹といなくなり、とうとう最後の一匹になった働き蜂は、どうしようもなく流れ彷徨《さまよ》いただ花をもとめ生きることに。そしていつの間にか、新しい巣を見つけては仕事をもらい、また旅立ち、と立派なはぐれ蜂に……そうして彼は――冒頭に戻る。

と、いうようなことを考えて日々生きてます。（働き蜂はメスばかりだそうなのでもちろん完全なつくり話です）そんな私の妄想から出来あがった王子。いかがでしたか。

今回も素晴らしいイラストをありがとうございます、gamu様！　王子の美しさにうっとりです。そして腹黒さににやりです。毎回お世話になります担当様。本当に、ギリギリまでいつもいつもすみません。でも出来て良かった……幸せです。

最後に、この本を手にしてくださった方々へ。鬼畜《きちく》王子改め愛玩《あいがん》王子、いかがでしょうか。王子の腹黒さに一緒に笑って頂ければ幸いです。……笑ってもらえるかな……ちょと不安になりながらも。また次回でお目にかかれることを祈って。

秋野真珠《しんじゅ》

この本を読んでのご意見・ご感想をお待ちしております。
◆ あて先 ◆
〒101-0051
東京都千代田区神田神保町2-4-7 久月神田ビル7階
㈱イースト・プレス　ソーニャ文庫編集部
秋野真珠先生／gamu先生

# 愛玩王子《あいがんおうじ》と姫《ひめ》さま

2015年2月6日　第1刷発行

著　者　秋野真珠《あきのしんじゅ》
イラスト　gamu《ガム》
装　丁　imagejack.inc
DTP　松井和彌
編　集　安本千恵子
営　業　雨宮吉雄、明田陽子
発行人　堅田浩二
発行所　株式会社イースト・プレス
〒101-0051
東京都千代田区神田神保町2-4-7 久月神田ビル8階
TEL 03-5213-4700　FAX 03-5213-4701
印刷所　中央精版印刷株式会社


ISBN 978-4-7816-9547-1
定価はカバーに表示してあります。

Sonya ソーニャ文庫の本

『変態侯爵の理想の奥様』　秋野真珠

イラスト gamu